携时光远行

苏伟钿 著

生命本来就始于一场奔跑

暨南大学出版社
JINAN UNIVERSITY PRESS

中国·广州

图书在版编目（CIP）数据

携时光远行／苏伟钿著．—广州：暨南大学出版社，2019.1
ISBN 978－7－5668－2500－1

Ⅰ.①携…　Ⅱ.①苏…　Ⅲ.①散文集—中国—当代　Ⅳ.①I267

中国版本图书馆CIP数据核字（2018）第295968号

携时光远行
XIE SHIGUANG YUANXING
著　者：苏伟钿

出 版 人：徐义雄
策划编辑：武艳飞
责任编辑：傅　迪　李米雪
责任校对：朱良红
责任印制：汤慧君　周一丹

出版发行：暨南大学出版社（510630）
电　　话：总编室（8620）85221601
营销部（8620）85225284　85228291　85228292（邮购）
传　　真：（8620）85221583（办公室）　85223774（营销部）
网　　址：http：//www.jnupress.com
排　　版：广州良弓广告有限公司
印　　刷：广州市穗彩印务有限公司
开　　本：850mm×1168mm　1/32
印　　张：7.75
字　　数：208千
版　　次：2019年1月第1版
印　　次：2019年1月第1次
定　　价：38.00元

骑个马儿逛草原（2007 年摄于新疆）

联合国总部门前留影（2011 年夏天摄于瑞士日内瓦联合国总部大楼门口）

母亲健在的幸福时光（2007 年女儿上大学前夕一家人与母亲欢聚）

试声（2010 年夏天与女儿黄岸在北京中国国际广播电台）

金凤花开（2016 年夏天摄于汕头大学）

在自己首秀的写意画《硕果金画》前与战斗英雄麦贤得合影

莫干山民宿度春节（2018 年春）

作者（左一）与马晓丽（左二）、裘山山（右二）、林渊液（右一）的合影

序一　热爱文学的人是有福的

我和伟钿是高中同学，并都在高中毕业后上山下乡。20 世纪 80 年代，我们都是汕头市的文学青年。此后，我们的人生道路很不相同，但有一个共同点：热爱文学，并通过文学改变和丰富自己的人生。

文学和文字工作，既有关联又有本质区别。在机关里炮制文件和在新闻单位采编新闻，都属于文字工作。热爱文学的人很容易走上文字工作岗位，但文字工作却常常将人的鲜明个性磨蚀掉。一个恪守文学信念、保持创作习惯的人，需要一直不忘初心，保持个性、敏感的心和独立的思想。

几十年来，伟钿成功地做到了这一点。在专业文字工作取得成就的同时，笔耕不辍，发表了大量的散文、随笔，并结集出版。由于是同龄人，有相类似的经历，我对伟钿的散文感到特别亲切。退休前后回首人生，不胜感慨之至。

这感慨首先是对时代变迁的感慨。伟钿的散文，是大时代在潮汕一方风土的见证。或许是青春期对生命感悟最为敏锐吧，这本散文集中令我印象最深的，是作者关于 20 世纪 70 年代初到 80 年代初的回忆。《激情飞扬老文教》《母校六中》是作者中学时代生活的回忆，特殊年代的文艺宣传队和高中学农分校的描述写得特别精彩；《口琴，思乡的深情表达》《老歌，一代人的经典》《喇叭里的声音》《露天电影》《舞台印象》《首进省城的记忆》《总是那座山，越过思念的水平线》等篇，以细腻的笔触回忆知青岁月，青春的激情和青涩跃然纸上，难能可贵的是，在涉及荒山野地的环境时我们却读不出苦难的味道，口琴声、歌声、电影、舞台、欢笑，与泥土和青草的气息一道，成了记忆中温暖的要素；《山城汽校》《职大，泛黄而清晰的记忆》写的则是 20 世纪 80 年代初再次接受教育的内容，“用唤醒的人生激情去追逐阳光般的梦想，期待用我们勤奋努力换来的入门券，去叩开未来希望之门”。正如她文字里描述的那样，靠着梦想、激情和坚韧，她真的叩开了希望的大门，从事自己梦寐以求的文字工作，做一个有底蕴的职业女性，一直坚持到现在。

作为职业新闻人的伟钿，平台大了，视野宽阔了，这都在文字中反映出来。但她经常把诗意倾注到采访对象上，其中，有对时政新闻的感想，如《生命至上彰显人性光辉》，把值岗时处理稿件的想法升华了；对老干部柯华、作曲家刘为光、时装设计师朱丽湫的采访，以及对梁启超、黄遵宪、谢维立、沈从文故居的访问，都可以引发出诗意感受。在第三辑“雪泥鸿爪”中，无论她踏足于祖国的大江南北，还是游览于环球各地，所到之处，都以独特的眼光去挖掘生活的美、环境的美，将自己的感受赋予游览地以诗意。

从风格上看，伟钿的散文朴实中见真情。这尤其体现在几篇关于家人的文章中，《古城，外婆的古城》《寄给父亲的信》《清明节，湿湿的怀念》《目送，走不出心灵的视野》《曲缘》，文字细腻，情感寓于丰富的细节中，情感所到之处，点到即止，见好就收。

现今报纸副刊上的文章，与 1949 年至 1966 年十七年文学时期由杨朔、秦牧、魏巍、刘白羽四大家创立的散文风格有所不同，更加自由、随性、简单和生活化，我觉得归类上应该更属于“随笔”，但还是偶尔可以见到一些“形散神不散”的篇章。伟钿的这个集子中可以看到一些文章，立意较高，看得出对传统散文精神的努力传承，如《瓶子·绿树》《车站思绪》《冬树，北方别样风韵》《攀越如人生》。

20 世纪 80 年代，曾经有无数文学青年，“千军万马挤在文学的羊肠小道上”，经过三十多年的时间洗礼，只有少数人在文学史上留下名字。但我时常觉得，写作的目的不是为了留名，而是通过文学不断地丰富自己和超越自己。按照马斯洛需求层次理论，人的需求最高的层次是自我实现。一个热爱文学并有写作习惯的人，无论有没有名著留世，就写作过程而言，他（她）就是在自我实现，是处在人的需求层次金字塔中最顶端部分的人。从这个角度讲，伟钿应该总体上是比较幸福的人。不知她自己以为然否？

钟海帆[①]

2018 年 5 月

---

① 钟海帆，中国法学会网络与信息法学研究会常务理事、深圳市互联网行业联合会顾问，曾任深圳市互联网信息办公室主任。

序二　行走云水间

作家苏伟钿是《汕头日报》副总编辑，《携时光远行》中多篇散文首发于本报副刊《韩江水》。

这么直白的开场白，暴露了我的小得意——向来只有总编向下催稿，可是，由于专栏每月一期的约定，作为责任编辑，时限近了就得向她“讨债”：苏总，这期写了没？而她，或者刚值完一周的夜班略显疲乏，或者刚带记者基层采风归来风尘仆仆，或者刚参加完会议……

“中午写，中午午休我关了门写！”她忙不迭地应道。

专栏每月一期的频率不算高，可保质按时坚持下来，除了有文学情怀，还要有坚韧的品格，因为一个月不小心就过去了……苏总自己也说，每一次几千字的写作像需要爆发力的短跑，完成之时，欣慰、兴奋、愉悦，歇一歇，再来一次……

生命本来就始于一场奔跑。作家苏伟钿这一代人奔跑的背景时代感很强：老市区胡文虎骑楼前，贴着红标语的客车满载年轻人，奔赴广阔天地农村，青春的面孔向往而迷茫；扛着锄头站不稳田埂，耨草时指上的血泡磨破了、掌中上茧了；恢复高考了，做梦跨进大学的门槛，更多的人涌进了厂矿企业，夜大的灯光映照着一张张不再年轻的脸庞；从文从政，下岗下海，有的在风云变幻中沉浮漂泊，有的在潮起潮落中习得一身好水性……

《携时光远行》中那些凝望旧时光的作品，真诚率性，乐观风趣，闪烁着青春的光泽。口琴、老歌、露天电影、文宣队、农场播音员……时代的印痕无处不在，却覆盖不了鲜活的人性、切肤的感受和不可复制的体验。例如，在精神生活饥渴年代，“我”好不容易得到地委内部片的赠票，汗流浃背骑了二十几分钟的车，坐在石椅上看露天电影《桃花扇》……如果说，这样的描述只是还原了事件的历史感，那么，“散场时，熟人彼此打招呼，眼神流露的都是自豪感”这个细节，却道出了微妙的人际体验，令人会心一笑。灯火阑珊处熟人的眼神，比宏大的电影画面更耐人寻味，保鲜期更长。

打开《携时光远行》，自由奔放的气息扑面而来，不事雕琢神采飞扬，无遮无拦生机勃勃，让活在设定程序、心性被驯化的都市人嗅到久违的青草气味。贴近生命本真的散文，无欺地契合着脉搏的每一次搏动，分享个中心路历程，我们仿佛随作家耕作于烈日下的田野，劳顿于车间隆隆机声中，借着月光打着手电筒跋涉崎岖山道，孤身一人闯荡举目无亲的省城，甚至搬竹梯上屋顶接驳广播线路，因为她是无师自通的播音员，脆脆的声音回响在大嶂山农场上空……没有规范的路数可循，没有一眼望得到头的稳妥，草莽路上全凭脚步丈量，听从心灵不停探索，“用唤醒的人生激情去追逐阳光般的梦想”，散文写作的无穷可能性才成为可能。想起作家的第一本个人专集名为“心灵的放牧”，“心灵”“放牧”“远行”，这些关键词所散发的信息，一定与生命的跃动、不羁的激情和大自然的召唤有关。流水潺潺，白云悠悠，作家在音乐、影剧等文艺上的才情也如穿透三棱镜的阳光，赋予作品多彩的光和色。

回过头来说说苏总在《韩江水》上开设的专栏《行走天下》。行走，因为永不停歇的求索，天下，隐喻足迹和视野，这个在省副刊评比中屡获奖项的栏目，以浓郁的人文气息和晓畅精练的文风为读者所喜爱。这些带体温的随笔，既描绘德国新天鹅堡悲情王子的相思树、澳大利亚的明媚阳光、好望角惊心动魄的风暴，也颂咏红色家园湖南红、延河水、枣园不熄的灯光；既咏叹韩江边上那千年之功沉淀的一座古城，也对潮人骄子进行系列专访……作者“地作笺、心做笔”，为读者打开“看天下、观世态”的另一扇窗口，娓娓道来，寻常话语里呈现多元文化的碰撞和观照，信“笔”由缰，笔触里充盈丰富阅历打底的人生感悟。

行走云水间，且行且思，时光与山水之约意味绵长，作家笔下更多精彩篇章，小编先睹为快——

“苏总，这期写了没？”

刘文华[①]

2018 **年** 10 **月**

---

① 刘文华，《汕头日报》副刊《韩江水》编辑。

序三　流淌着生命真情的风景

先读过苏伟钿总编的散文，之后才认识她。看着她的文字，总是不经意间在脑海里浮现她的笑容，在思想的维度里望着她那一份任性地逃过岁月洗磨的天真，那一份粲然开放的纯真烂漫，会心一笑。

苏的文字，始终保持着一份纯真，一如她的为人。就像徐志摩，用火去点烟，这么一个动作，都感觉是去 kissing the fire，看待世界的目光一直保持着好奇。或许，挚爱文学的人都这样，无论岁月如何洗练，终究学不会“世故”二字？

苏的文字是坦诚的。她曾经对我说，“睿，其实我的起点并不高，文章是渐渐写得好起来的”。当她说这句话时，非常坦然。那时，她已经是日报社副总编，分管时政部新闻，正是事业的巅峰。我因为刚刚负责当地的新闻工作，常常要请教她，加上不认识之前就喜欢她的散文，对她很是尊重。当她说这句话时，我着实大吃了一惊，没想到她会“自曝其短”。然而看着她清澈如水的目光，忽然明白，她一定是认为，无论什么样的人生和起点，可以努力，可以坚持，却不值得去掩饰。这份坦诚，在她的文字里时有见到。《山城汽校》写了她在汽车学校读中专的学习经历，《职大，泛黄而清晰的记忆》写了她在职大的学习生涯，这些经历，在她的回忆里，也是妙趣横生，充满了快乐，“当自己暗暗下决心时，回忆起山城汽校的一幕幕，有点情不自禁地笑了，笑自己还是笑别的什么，没想清……”，这样的文字，仿佛她自己是一位胸无城府的邻家女孩，坦然得可爱。

苏的文字是深情的。这一点，在“此去经年”系列里可以常常感受到。因为爱，她把古城称为“外婆的古城”（《古城，外婆的古城》），《寄给父亲的信》寄托着对父亲的思念，《曲缘》记载着父亲的爱好。《清明节，湿湿的怀念》《目送，走不出心灵的视野》写的是母亲，“三年多，母亲离开的日子，渐行渐远。实际上，生活中，偶尔都会因为某个细节而触痛心中最柔软的部位，都会因为母亲在生时我们的大意、疏忽，或惆怅，或后悔，或痛惜……再也打捞不起的时光”。这样的文字，从她内心深处流出，感人肺腑，在阅读的时候，甚至希望她逝去的母亲还能够感觉到。《母校六中》《哲学老师》《口琴，思乡的深情表达》《喇叭里的声音》等写下了一个年代的记忆。《总是那座山，越过思念的水平线》令人读过而久久不能忘却，在青春年华时期“上山下乡”的那段岁月，在她的笔下，成了一生中最值得珍藏和回味的特殊回忆。

苏的文字是感性的。“雪泥鸿爪”记载了她游历的足迹，如“一大早坐上车，天空就下起了雨，似乎要给新天鹅堡的参观罩上悲情的氛围”，寥寥两行字拉开了《新天鹅堡：悲情王子的相思树》的参观序幕，迅速将我们带入了主题。《邂逅雪景》写了作为南方人，首次邂逅雪花的惊喜。“我看到的雪是由凛冽呼啸的北风喊出来的”，这个描写非常生动。然而，因为觉得“与雪的不期而遇，对南方客人是难得的馈赠”，冰天雪地在她的眼里，也是美妙无比，“走进雪地，一任雪温柔的声音在耳边呢喃，调皮的雪，钻进衣领，飘上头发，你将它轻轻抖落，这冬的精灵，又顽皮地粘在你的身上，使人忍不住捧上一把，轻轻摊在手心，让呼吸的热气与这大自然的礼物交融，细细欣赏，读懂她丰厚的内涵。在这静谧的景致中，走近心灵，在雪花飘落的无伴奏声乐中，谛听冬季轻轻地歌唱”。这样的文字，在她的散文系列里随处可见，令人读之同样欣喜。在她的笔下，景随人动，每一处风景仿佛都有着生命或情感。

苏的散文，有时难免还是流露出些许时政写实性的味道。我想，或许是职业使然？苏总当过很长一段时间的一线时政记者，让她在工作与采访中得以接触到各式各样的人物。无论工作多忙，她也总是会把感悟写下来，这些文章，更像随笔，而新闻的时政性写实手法总是不经意地穿梭在其中。如《为伟大的长征深情抒怀》《人民大会堂感受“旗帜”》《生命至上彰显人性光辉》等，《延河水暖，乡音夜夜入梦》写的是曾任我国外交部第一任礼宾司司长、第一任非洲司司长、第一任中国驻几内亚大使、第一任驻菲律宾大使，富有传奇色彩的一位潮汕人、老革命家，非常值得一看。

读《携时光远行》，一种朴素而浪漫的情怀始终贯穿其中。文如其人，我想，这也就是她的为人吧。

柯　睿①

2018 年 10 月

① 柯睿，广东省汕头市龙湖区科学技术协会主席。

前言　那些温暖人生的回忆

说不清自己对文学的热爱是在什么时候，大概应该是高中毕业后，在下乡的农场当上了播音员。那时，在一间十几平方米的工作室，墙壁挂满电源插头，一台扩音收音机，一张桌子，一个扎着红绸的麦克风。在没有老师授课、没有师傅带领的播音工作中，知识的窘迫，本领的恐慌，于是，逼迫自己拿起新华字典，逼迫自己向农友借来一本本书籍，在理解与不理解中阅读着、思考着……

高考前填报志愿，自己竟不知天高地厚地填报了北京广播学院采编系，而后又有点忐忑不安，怕考不上。实际上自己就是没实力考上。果然，被省内一家交通技术学校录取，然后又到汽修厂工作，开始了人生为一个“铁饭碗”而打拼的生存状态。是职工业余大学的汉语言专业，是青年文学会的活动，唤起了我的文学梦。适逢改革开放，有了接触多元文学的宽松环境和机遇，抑或是因为生活有了挫败感，在倍感知识重要的同时，对文学倍感亲切。那个时候，第一次接触和阅读了如潮水般涌来的大量中外文学作品，几乎达到如饥似渴的状态。仿佛是在白天工厂严肃枯燥的工作之后，夜幕降临，在月光和灯光的温馨的氛围里，书和文学为我的生活打开了另一扇美好之窗。

业余大学毕业后，社会各行各业正缺人才，我也由此考上汕头青少年报，圆了记者梦。当记者，有了接触采访更多人的机会，有了见多识广的机会，渐渐地，完成新闻采访任务之余，就有了把一些随想、杂感写下来的念头，也渐渐无师自通地进入散文的习作。是无数中外优秀文学作品的熏陶，是报纸副刊、文学杂志的老师们的扶掖，是青年文学会、作家协会的关爱，使我对写作渐渐有了自信，乃至痴迷，甚至还试着开设《心情鳞片》《行走天下》专栏，有了专栏的硬性“逼迫”，自己才会在新闻的繁忙奔波间隙躲进小楼成一统，任笔下情感奔涌，任笔端与自己的心灵对话，管它冬夏与春秋。

一位叫魏微的女作家写道，我心目中的日常写作，就是写最具体的事，却能抽象出普遍的人生意味，哪怕是油烟味呛人，读者也能读出诗意；贴着自己写，却写出一群人的心声。有自己，有血肉，有精神，总而言之，哪怕是写最幽暗的人生，也能读出光来。

《携时光远行》，在这本散文集里，既有对人对事的深情回忆（此去经年），也有自己对人生的感悟哲思（静水深流），还有旅途行程的经历和思考（雪泥鸿爪）。写作，之于我来说，是用诚实的心态来写自己独特、不可复制的日常生活，写出我对人生的切肤感受。我常常把自己的写作看作一种凝重的激情，写不了“宏大叙事”，却写出我们这一代人特有的心路历程。

每次落笔，我喜欢听笔尖与纸张均匀摩擦的“沙沙”声，情到深处，会禁不住发出深深的感叹。怀念故去的父母、亲人；回忆行走天下的往事，又顿感人生的美丽和人性的温馨……孤灯相伴，往事相随，写作让我仰望星空，心境旷远。如今看来，文学创作就像长跑，但我不是专业作家，可每一次几千字的写作，却像需要爆发力的短跑，完成之时，欣慰、兴奋、愉悦，歇一歇，又再来一次次短跑。我深知凭自己的学识和积淀，定然成不了长跑运动员。然而选择短跑，选择自己的写作方式，却那样真实深切地让我拥有对人生的历练感和愉悦感，点点滴滴是那样地难忘，那样地触碰心扉。

如果把文学譬喻为润物无声的春雨，这几十年来，她就在我干涸的心田里浇了一次次丰沛的春雨。感谢文学的滋养，她让我有了读书和写作的爱好，她让我用激情和坚韧去追逐理想那束光。

我的第一本个人专集《心灵的放牧》于1995年出版，选择2019年出版第二本个人专集，缘于自己接近退休，从青涩的梦想岁月到人生一甲子，想给自己做个文字的打包、总结。感谢父母亲的养育之恩；感谢爱人和女儿以及我的兄弟姐妹对我的关爱、包容与支持；感谢已故的陈焕展老师、吴国渠老师生前对我的鼓励；感谢韩江水；感谢洪韩、刘文华、陈欣琪对书中材料收集提供的大量帮助，让我在业余文学这条路上有机会丈量自己的脚步。

苏伟钿

2018年6月12日于家中

目录 / Contents

静水深流

雪泥鸿爪

此去经年

或许是母亲珍惜与儿女在一起的时光，把最好的精神状态留给与儿女团聚的那一刻。而她更多的日子是在病榻，长久反复地被困囿于有限的方圆，把疾病的痛苦和孤独的落泪，放在手掌的背面，儿女不细心是不易觉察到的……

古城，外婆的古城

6 月 12 日至 17 日，我随中国文化记者走进最美古城潮州，走进我的故乡。

童年的记忆，外婆的古城。如今的古城，美丽更加。广济桥以更恢宏的气势傲立韩江，古城楼以更厚实的身姿护卫苍生。家乡人笑脸亲切，家乡话悦耳动听。读你，更深情；读你，更自豪……

徜徉古城，童年往事历历在目，最忆是外婆。于是，我写下了《古城，外婆的古城》，用最深情的笔触，讴歌古城人的美丽善良。

——题记

徜徉在古城的小巷，我深深怀念着外婆。

在这座有着 2 000 多年历史的古城，小巷比比皆是，十弯八曲。在迂回曲折的往返中，我深情的怀念如同古巷深深。

古城的巷名以两三字居多，如甲第巷、夹司马巷、义井巷、分司巷……沉淀了“海滨邹鲁，岭东首邑”之底蕴，而外婆住的地方叫泮巷。

泮巷中段有一幢老屋，推开木门，是四四方方的庭院。蓝天下，藏青色的水缸绽放着浅紫色莲花，清淡素雅。而青青翠翠的莲叶撑着晶莹露珠，楚楚动人。古城人摆放这样的盆景自有讲究，一是夏天可避暑，二是有入门平安和谐的寓意，也算是寻常人家的“迎客松”吧。

绕过小院莲缸，进客厅，左右有前房，有厢房，房前有厅堂后有走廊。小时候放寒暑假住外婆家，与邻家小孩捉迷藏时总感觉不必出大院，因为机关隐秘，说不定在你身边某个角落一不留神就会有小巷闪现，走到巷的尽头，又再融进另一条巷。

古城人说着轻轻的话语，迈着轻盈的步履。姑娘家有时还会脚着红色木屐从巷子里的家走出来。见到左邻右舍有客人来，总会先打招呼，问是“哪家的小孩，从哪里来”，来了就是自己人，还会送上一盘自家做的红粿桃或春饼，让客人尝尝鲜。古城人的热情好客亲切感人。

记得首次进开元寺大概是读小学二三年级时，那时，外婆要到这个“百万人家福地，三千世界丛林”的开元寺进香祈愿，就拉着我的手说：“走，带你到开元寺，诚心求佛祖保佑你读书聪明!”谁知一进门，我就被吓得直哭。原来，金刚殿内供奉的“哼哈二将”，手持金刚杵，那寺院守护神发出的威严，吓得我捂着双眼直走开。以至于长大后想去开元寺还有点心理阴影。不过后来，我跟朋友说起这事也没觉得有那么可怕啊！只是觉得这始建于唐玄宗开元二十六年（738 年）的粤东第一古刹，其金刚的传神造型可吓哭一个小学生，足见其艺术的逼真、生动。

潮绣，是古城姑娘家叫得响的手艺。清代以来，潮州妇女多纺织，家家户户都有人会绣花。在大街小巷、古朴屋舍、前庭后院，潮州姑娘用专注的眼神、灵巧的双手穿针引线，绣出心中最美的图画，成为古城一道亮丽的风景线。

潮绣有绒绣、钉金绣、金绒混合绣、线绣等品种，它以人物、博古、动物、花卉为题材，以饱满、匀称的构图和热烈喜庆的色彩饮誉海内外。

女孩子学点手艺，既可勤工俭学，又有一技傍身。利用寒暑假寄居，外婆要求外孙女们学绣花，“针脚齐，线路密”，是最基本的要求。我姐姐在故乡学会了女红，绣出了心仪的工艺品，好不自豪。那时的姑娘，对绣花情有独钟。上了中学的我则自己扯上几尺的确良布，裁剪后，专门拿到潮州，让亲戚绣出两朵线绣花，几天时间，一件渗透自己创意的工艺品穿在身上，不舍脱下，好不惬意。

外婆16岁就嫁到南门古泮巷林家。那时，远亲近邻看新娘的人挤得里三层外三层。我外公当时家道还算殷实，更因为外婆出奇的漂亮，她纤巧的身段一直保持到晚年。外婆有着一双美丽的大眼睛，高耸的小鼻梁，手脚勤快，为人热情。无论是当年年轻的小媳妇还是现在年长的老祖母，她总要清晨起床，把自己的头发收拾得光光鲜鲜，一丝不乱。出门做客，衣着更是素雅熨帖，礼数有加，让人感受到走过沧桑岁月女性的不凡气质。

但红颜并非命好。当几个孩子尚嗷嗷待哺时，外公却不得不漂洋过海谋生。这一去几十年音讯渺茫，而家中沉重的担子就落在外婆羸弱的肩上。服侍婆婆，抚养孩子，还要寻生计养活家中大小。家境窘迫，于是我母亲很早就到烟厂当童工，姨妈也只好随亲戚漂洋赴异乡当佣工，外婆自己则典当旧衣服到邻乡村居远近市场做买卖，用牛般的耐力撑过生活的艰辛，那是一个女人面对多舛命运无可奈何的选择。

生活再苦再累，在外人面前，外婆总是笑呵呵的。生性好强的外婆从不把心中的愁苦辛酸袒露给外人。外婆的婆婆，自幼过惯优裕生活，即使家境转困后也仍习惯饭来张口、衣来伸手，且性格多变，谁见了都要让三分。作为儿媳妇，外婆尽心尽孝，悉心服侍，有好吃的先留给婆婆，一直到老人年过九旬逝世，为她送终。

岁月沧桑，远在他乡的丈夫是外婆心里的希冀。但外公的音讯时断时续，渺渺茫茫。记得有一年，埠外来信，拆开一看，外婆泪流满面，是外公的照片，旁边还站着一女人。接信后外婆足足卧床数月，接受不了她痴痴等待的丈夫因无法回乡而另娶妻室的事实。后来，外公又时有来信，称无论如何也要回府城，看看老母亲，看看结发妻，看看儿孙们。外婆的心中又点起希望的火苗，哪怕已有妻室，见一见也是好的。可是，等啊等啊，等来的却是外公病死他乡的噩耗……这一次，不再抱希望的外婆表情呆滞，星光般的梦从此泯灭。尽管在外人面前仍脸带微笑，但一有人问起，外婆的眼眶总情不自禁泛起泪花，语言也常常因哽咽而不太连贯。

古城外婆的家，木门总挂着铜环，时光的打磨，无数主人客人有意无意地摩擦、抚摩，使它泛出亮光，让人由此读出岁月的年轮。

人生最大的苦痛莫过于白发人送黑发人。外婆含辛茹苦养育的儿子英年猝死，那是外婆心中最后一线希望的泯灭。望着儿子的遗像，想到自己曾经深情守望着的亲骨肉、守望着的命运，最后仍沉溺于生活的漩涡无法自拔，命运的悲怆让她失语。为舅舅送行时，从不大声嚷嚷的外婆忍不住号啕大哭，她人生的苦和痛在这一刹那寻到了发泄的突破口。仿佛一夜之间，外婆的脸庞爬满了深深浅浅的皱纹，乌黑的头发也不知不觉变成了银丝。

硬朗勤快的外婆渐渐老了，她腰身弓起，有时不得不借我们年轻的手搀扶着前行。有一次，外婆因拄着的拐杖在发滑的地面失落，重重摔了一跤。这一摔，使她不得不卧床数月，这给爱干净的外婆带来了没完没了的烦心。三伏天，得了褥疮的外婆浑身不舒坦，吃饭没胃口，送到嘴里的食物又吐出来。渐渐地，褥疮治好了，骨折治好了，外婆的脸庞才有了久违的笑容。

老了的外婆，有一段时间被接到我们汕头的家中住，但她总惦记着古城中的老宅。她对孙女说，她更愿意回古城，回到那个自己的家。我想，走出古城的外婆始终还是故乡人。守望老屋，会会老友，也是属于外婆的一份幸福。

外婆撒手人寰之时，看着年逾九旬的她，羸弱的身躯裹在棺被中，脸庞依旧保留微微笑容，我不禁泪水湿透衣襟。外婆艰辛的一生不一定活得精彩，但面对脚下和心中横亘着的铁一般的生存极限，她勤劳持家，敬老爱幼，乐观豁达。老人对生命的豁达赢得晚辈的敬佩。

当外婆永别在古城的泮巷时，轰隆隆的机器声将老屋改建为现代住宅，时尚的家居装修让往事走远……

呵，古城，外婆的古城。

寄给父亲的信

从未如此认真地翻阅日历，因为是父亲节，我要把自己深深的怀念化为文字，寄给父亲。

一觉醒来，梦中还谈笑风生的父亲渐行渐远。父亲，您离开我们已将近一年，您想我们了吗？

梦中，父亲穿着平素，喜欢穿黑底红点唐装夹袄，坐在客厅的沙发上，看上班劳碌的儿女们匆匆归来又匆匆离去，欣慰的神情中夹杂些许失落和遗憾，总觉得与孩子们谈话的时间太短促，总埋怨与儿孙们相聚的时光太匆忙。但慈祥的父亲善解人意，只是在儿孙离去的背影中轻声叹息，便久坐沉寂不再说什么……

父亲，我自责，我后悔，自责为什么自己忙于事业而疏忽了您的感受；后悔自己未能细心地关心您的健康而对您生命的结束猝不及防。总以为每一次回家，您会笑吟吟地边听潮剧边喝杯小酒，津津有味地听我们讲外面带回来的故事……

梦中，小憩的轻松让我感到是该陪父亲坐一坐，喝喝茶，聊聊天了。我们父女谈了什么？谈潮剧了吗？好像是。对，谈马飞老师的《刘明珠》《金花女》，谈您的老挚友的作曲经典耐听，谈您二位因潮剧而结下的曲缘……哦，父亲，如今在天堂你们相遇了吗？如若相遇，起码两个老朋友又可以一起品酒吟诗，在开怀畅饮中忘却孤独……

父亲，您在天堂可好？

年轻时的父亲在儿女心目中高大挺拔，声如洪钟，走到哪里，哪里不时就响起笑声一片。在基层工会当主席，哪怕是一场电影开映之前的简短讲话，也极富感染力。父亲用风趣幽默的语言，让大伙在笑声喧响中迎接电影的开映。那时候，您是我们家的旗帜，说话干脆，办事利落，有主见，有成就感。出差公干，说走就走，常常是儿女们尚在睡梦中您就出门，几天后一大早醒来，又会看到您出差回来带给我们礼物的小小惊喜。

父亲，您一生钟情工会工作。在女儿出生那一年，您就赴京出席中华全国总工会表彰大会。在首都北京，着一身军大衣站在人民大会堂前的您一脸自豪。岁月流逝，您每每拿出相片细细揣摩时，总会沉浸在幸福的回忆中……

父亲性格豪爽，粗中有细。对职工生活关怀备至，闻知有哪个同事或部下住院生病，不论白天黑夜，刮风下雨，您总是一趟趟地跑，代表工会慰问生者，告别死者。冬三九，夏三伏，做自己热爱的事业，您不辞辛劳，乐此不疲。直至退休在家，只要电视报纸刊登有关工会的消息，您总是格外关注，甚至拿起放大镜，一字一句，深情倾读。

乔迁之喜却不许家里放鞭炮，也只有您才想得出。20 世纪 80 年代初，看着左邻右舍搬新居，我们一家人还挤在 20 多平方米的旧房子里，孩子们撅着嘴，埋怨您总不为自家着想，您却说，咱家的条件不算太差。终于等到有一天，我们家分到了一套房子，全家人正兴高采烈筹备搬迁时，您却宣布：“不准放鞭炮！”民间习俗，无论从哪个角度看都得热闹热闹！您生气了：想想那些分不到新房的职工，鞭炮一遍遍地轰鸣，岂不是一遍遍地捅他们的心窝？虽然咱家不太情愿地遵守这条自定的纪律，可别人放不放鞭炮就由不得您了，即使是以工会的名义。但是，若看到哪家邻居搬迁放鞭炮，您就止不住上前嚷嚷，为此得罪了不少人。您这个性情中人，心直口快，草根情怀又不懂拐弯抹角。我想，风雨沧桑，几十年过来，肯定有人念着您的好，也有人看不惯您的直，更有人窃笑您的傻……

父亲爱好舞文弄墨。看到女儿的文章，喜悦地读着，并一一提出修改意见，这使我对自己劳作的价值增添了一份新的认同。如今，无论是看书或写作，女儿都时刻感觉到您关注的目光。

但，无论如何，我不会想到父亲您会走得这么匆忙。

2007 年 8 月 15 日，出院后的您身心状况一直很好，令全家人感到庆幸，沉浸在其乐融融的氛围中，于是，儿女们安心回家了。谁料，夜半的雨声惊醒了酣梦，一阵紧似一阵的电话铃声令我们的心提到嗓子眼，急救车的灯光在雨幕中格外刺眼。父亲手脚冰凉、呼吸急促，氧气、听筒、医生急速的抢救、家人真诚的呼唤，这一切使不忍离去的您，从生命的边缘暂时折了回来。在送您回病房时，医院走廊外“滴滴答答”的雨滴刺痛儿女们的心。天亮，终于，您的步伐离我们愈来愈远，此岸与彼岸在心口定格为无限的悲痛。

厚土苍黄，轻风吹过，俯仰之间，已为陈迹，仿佛过去的人和世界已抛在身后，永远地消失了。

父亲节给父亲写信，是父亲走后我一直的存念。因为对话可以跨越时空，让天堂的父亲不再寂寞。父亲，但愿您能收到。

清明节，湿湿的怀念

也许是心事太重，我总不敢轻易提笔，唯恐心中最脆弱的部分会被重重地碰撞。

但清明已到，当寒冬腊月渐远，春天的花卉在生活的角角落落灿然怒放，春日的薄雾将日子罩上凝重的露珠，心中的怀念，顿时显得湿漉漉。

父母亲的合影就摆在桌面，端详二老笑吟吟的音容，就如全家人聚在一起聊天，快乐无边。而回忆和冥想，则像褪了色的黑白相片，没了阳光但散发着淡淡的幽光。

怀念母亲，走了将近一年的母亲，我的心，无时无刻不因想念她而阵痛。

母亲属马。在漫长的生涯中，她“奔驰”了八十个年头，最后没入草地，把精神留在风中，缭绕儿孙心间。

记忆中，母亲是一个忙不完的人。

孩提时，自己磨磨蹭蹭起床，母亲已与姥姥洗完一大家人换洗的衣服，然后，拉着我匆匆离家。小跑途中还要买一个包子给我，送我进幼儿园后再赶着上班。从不愿迟到的母亲，几乎每个早晨都来不及喝碗粥，就因为长期没吃早餐而落下肠胃病。但自称“大老粗”的母亲是厂里的积极分子，工厂推广华罗庚优选法，母亲有板有眼地将它应用到汽车缝工的环节上；作为小学工宣队长，母亲给学生们声情并茂地上忆苦思甜课；汽车厂修理的车椅皮座是母亲用勤劳的双手创作出的无数“作品”；她利用业余时间为亲朋好友缝制的沙发，成了不少人家中客厅的一大摆设。而每每听到别人由衷的夸奖时，母亲略显羞涩的神情中更多的是欣慰。

母亲出生在小资家庭，幼年上过几年称“盖眉佬”的私塾小学，后来外公乘红头船漂洋过海，迫于生计，母亲当上了香烟厂的童工，饱受战乱之苦的母亲特别珍惜共产党给自己带来的安稳生活和工作岗位。20 世纪 60 年代，哥哥姐姐下乡，我们上中学，母亲为了上下班不迟到、不耽误工作，经同事介绍，把我们家在市中心的宽敞房子换成靠近单位的市郊小宿舍，不少人说我们太亏，没经济头脑。但母亲说“值”！她深有感触地对儿女说：“找一份工作不容易，所以我特别珍惜。”平时，每每我们姐妹几个遇到什么困难，她总是鼓励我们：咬咬牙就过去了，女人一定要靠自己的双手和智慧生活。这是她一生给我们的训谕，而她自己也为我们做出了榜样。

母亲一生勤劳俭朴，她平常总把家里收拾得干干净净；母亲一生乐善好施，她总把自己的工资和儿女给的零花钱积攒起来不时捐助贫困亲朋；母亲一生崇尚知识，她要求儿女们上学、自学，晚年在家，她每天晚上看央视《百家讲坛》节目，隔天又把内容或复述给保姆听，或与儿孙们交流。母亲退休时才 50 岁，放下汽车修理缝工的剪刀铁钳，回归家庭，她又开始帮着儿女们带孩子。冬三九，夏三伏，她起早贪黑，尽心尽责。眼看着儿孙们长大成人，走进大学课堂，走进婚姻殿堂……却忽略了自己渐渐老去、不再年轻……

年轮不知不觉走了一圈又一圈，小时候叽叽喳喳围着父母转的儿女们渐渐长大成人，相继有了自己的家，有了自己的儿女。

操劳了大半生的父母亲渐渐清闲了下来，但闲着对他们来说很不习惯。寂寞的父母或与老友在喝茶聊天中企盼，或独自在阳台远眺一个个走进大院的人，盼望着儿孙回家团聚，共享天伦之乐。

有一次，家里装修完工，原来的老木柴门换了一扇新的，材质比原先厚重，外加装铁门把着，为的是老人出入安全。谁料，出出进进的父母亲，好几次因忘了带钥匙或因“铁将军”太涩重打不开，便借着邻居的电话打过来大声嚷嚷。而当我们火急火燎赶去帮着开门，看到父母亲坐在那里一副焦虑颓然的神态，很是心疼。身为女儿，刹那间感到，他们日渐单薄的身影如同日渐老化的柴木门框，即使换上新的门，也换不回双亲身体的硬朗。父母与柴门一样，不能与之终老。

去年春天，空气比往年来得异常湿重。家家户户把门窗关得严严实实，打开空调机的抽湿功能，雪白的墙壁被水蒸气染成大朵大朵的“水墨画”，太阳在雾漫漫的光圈中偶尔冷冷地露个脸，显得惨淡而不真实。

久病的母亲就在这样的天气中出院，而节前，母亲因昏迷住进了医院。这一年的春节，全家人在母亲病床前的轮流值班中度过。也许冥冥之中有了预感，抑或这是儿女们陪伴母亲度过她人生的最后一个春节。轮到我一个人值班时，看着母亲昏睡在床，她身上布满了条条插管，因病痛的折磨而显得瘦小羸弱。此时，想起她健康时母女海阔天空聊天的轻松，想起周末在郊外散步的情景，想起母亲以后生活的不再，我止不住泪水滂沱……

但母亲就在昏迷与半昏迷状态后又醒来，醒来的母亲仍思虑着家，牵挂着在外读书的孙女，只是，看儿女的眼神已失去了往日的光彩，有时幽怨，有时呆滞。

节后，病情好转的母亲想回家，回家的日子是母亲留在我记忆中最后的生活场景。

每每中午时光，春日的暖阳晒在母亲家里的露台上，阳光下点点吐翠的花草，含香吐蕊，生机勃发。这是母亲盼来儿女下班小憩相聚的时光，也是她一天中神情最佳之时，她穿着女儿为她洗漱后换上的干净衣服，与我们一边喝茶一边聊天。这是她生命中阳光和煦、清风流淌的日子，也是一幅令左邻右舍羡慕的生活图景。

大概是知道自己剩下的日子不多，母亲有意无意地嘱咐安排自己的身后事，她让我们打开衣柜，指着平常钟爱的衣服说："我走后你们不要把衣服扔掉，这些都是干净的，我生病时都舍不得穿。"躺在病床上时，她还忘不了一定让我们给她换一件旧的衣服，把新的、好的衣服挂起来。

母亲爱美，生活窘迫时，她的工作服折叠整齐，穿起来简洁素净。生活改善时，她的服饰多姿多彩。每逢节日，女儿们给她买的新衣服都会令她爱不释手。特别是穿起唐装大花袄时，古典的剪裁糅合传统女性的谦逊、内敛，使母亲具有一种独特的美。母亲特别讲究什么场合穿什么衣服。那一年，为迎接我侄子和侄女的婚礼，母亲要我陪她到大商场挑衣服，光大红花图案的唐装就买了两件，老人说，怕天气变化，特准备两件，可见其对参加孙辈们盛典的重视和细心。

2010 年 5 月 19 日，残忍的病魔无情地拽走了母亲生命最后的留恋。

母亲走后，我们姐妹几个把衣服分类，保存在自家衣柜，平常无意打开，睹物思人，珍藏的记忆小溪顿时汇成河流，汹涌而来……

后来，一些旧家具需要搬走，我们又回到老屋——车站宿舍。

老屋窗后是熙熙攘攘的车场，车流穿梭，人流依旧。树在，花在，赏它的人却不在；车在，椅在，床在，笔在，用它的人却不在，唯有儿女的爱还在。

都说生老病死是一个平常话题，但到了自己父母身上，总感到猝不及防的痛苦。父亲走了三年，母亲走了近一年，很多时候，看到执手相伴的白发老人，就会自然而然想起自己的双亲。生活中，遇到相识或陌生的长辈有什么事需要帮忙，我总会主动地去为他们想办法。反思父母亲在生时，我们晚辈有很多做得不够好、想得不周到的地方，或许，以这种方式能一点一点地填补心中的遗憾。

春天的早晨，有鸟儿脆鸣在自家阳台，清脆动听，我幻觉是母亲在与女儿对话，我也希望这个幻觉就是母亲。

夜幕拉开，一种无边无际的孤独渐渐涌上来，将周遭的空间弥漫得严严实实。于是，微闭双眼，好似穿越时空，看到母亲。她娇小的身姿着一身鲜艳的唐装，微笑地看着我，慈祥的笑容那么亲切又那么期待，像等着我带她去散步，去郊游……悲悲戚戚的思绪，深深浅浅的回忆，只能在清明时节，化成湿湿的怀念。

目送，走不出心灵的视野

仲春时节，我的心便有些恍惚，总觉得有事记挂着。最终想起来，是清明节要上山扫墓。

母亲走了三年多，每逢节日，我总是到佛堂，捧一瓣心香，祭心之怀念。按潮汕俗例，需三整年才可上山扫墓，是该去看看母亲了。

春雨绵绵，人的心，也变得多愁善感起来，怀想绵长。

母亲属马，生于兵荒马乱年代。虽读过几年私塾学校，但在外祖父乘红头船漂洋过海外出谋生后，身为长女的母亲只得放下书包，到卷烟厂当童工，把辛苦挣来的钱交给家用，帮外祖母拉扯弟弟妹妹长大。

艰辛的童年，使母亲在新社会参加工作后特别感恩。她工作认真，做事细致，追求完美。一把铁锤，一张皮革，通过劳动之手不断翻新，一张张美观、坚实的汽车皮座顿时成了母亲的杰作，因此母亲总为自己是一名产业工人而自豪。

记忆中的母亲，每天都起个大早，洗完一家子的衣服，再匆匆赶着上班。母亲常常是饿着肚子，饥肠辘辘，一直挨到中午才到食堂吃饭。长年累月，落下肠胃病。待儿女一个个长大，母亲早已为了生活，为了日子，筋疲力竭……

晚年的母亲隔三岔五做手术。每一次手术，全家人的心都提到了嗓子眼，每一次又把母亲从生命边缘拽捱回来。轻微搏动的心，是对人生的眷恋，是对儿女的挂牵，母亲创造的奇迹连医生都觉得惊讶。

身体好的时候，母亲会想着吃北方饺子，加一点陈醋。然后洗个热水澡，换上干净的衣服，让我拿着电吹筒，把湿漉漉的头发吹干，再到天台晒太阳。

在种满花花草草的天台，母亲把一溜五颜六色的衣服，前前后后铺开。当和煦阳光一缕缕打过来时，母亲慈祥的脸庞会有柔和光泽，很舒服地坐在那里享受大自然的赐予。儿女绕膝，有的泡茶，有的聊天。母亲一小口一小口地喝着茶，有一搭没一搭地插上话。其实，她是胸闷，气力不足，坐着坐着，就说觉得疲倦，想回去躺会。

即使知道母亲总有一天要离开我们，但当下的感觉还是快乐的。在这无奈的日子出现的温馨片刻，无疑给母亲这匹在茫茫旷野中跋涉的“老马”带来一抹希望的阳光。

后来我想，或许我们不可能每天 24 小时都陪在母亲身边，或许是母亲珍惜与儿女在一起的时光，把最好的精神状态留给与儿女团聚的那一刻。而她更多的日子是在病榻，长久反复地困囿于有限的方圆，把疾病的痛苦和孤独的落泪，放在手掌的背面，儿女不细心是不易觉察到的……

上大学的外孙女们放假回来看望姥姥，母亲抚摸着外孙女的手说：“你们上大学了，有空拿着纸和笔，听姥姥讲家史，记录下来……”我们都笑了：“说啥呢，日子早着呢，写什么实录啊！”母亲苦笑着，不再说什么。

晚年的母亲，特别喜欢收藏手表。2000 年，我到南非旅游，买了一只日本手表，精巧别致，戴了好些年，依然有人说漂亮。有一次，放在母亲家，她收了起来，爱不释手，并笑着对我说：

"挺适合我的。"还有另一只表，不经意搁在桌上，也被母亲收起来……躺在床上的母亲，总喜欢问："几点了？睡着睡着都不知钟点了。"于是，又把表拿出来戴在手上，以便醒过来可看时间。

我至今还没读懂，手表对母亲意味着什么。

后来，看到马建绪的《岁月的低音》里有这样一段话："时间，对于每一个人，都是生命中最重要的。说什么要和时间赛跑，那是很不切合实际的一种想法。人的一生其实都是在追赶时间，只是在追赶的路途中，有的人脚步快一些，有的人脚步慢一些，不管是快还是慢，最终都给时间搁在半路上。"

守护母亲的日子，适逢2010年5月9日——母亲节。我一边陪着母亲，一边观看电视直播第十届大学生电影节颁奖晚会。获奖嘉宾吕丽萍、王姬、黄晓明、王全安，都祝自己年迈的母亲身体健康：慈母手中线，游子身上衣。感谢母亲赐给我生命，感谢母亲让我站在这个舞台！愿天下的母亲平安、健康！

母亲的字眼频频入耳，让我热泪盈眶，不能自已。痛苦的触角切入眼前，病榻中的母亲，从一个充满智慧的家庭主妇，变成了要两个保姆护理，还需要子女天天在身边照顾的老人，亲朋好友来看望她，称她有福气，而母亲总是皱着眉头，话语絮絮叨叨……我们没有说话，只是羡慕天下健康的母亲，羡慕天下无疾而终的母亲。眼下，只想尽所能陪伴自己的母亲走过她人生最艰难最无助的时段……

母亲逝世当夜，雷雨交加，倾盆大雨连绵不断，就如同我心灵的长泪。

端午节来临，下着大雨。全家人冒雨到佛堂祭拜母亲。

一面墙壁的木板排列上百个灵位，后人纷纷来祭先人。抑或是刚刚失去母亲的悲哀仍笼罩心头，抑或是不适应这种悼念方式，感到与母亲在茫茫人流中匆忙相遇，连说句知心话的氛围都没有。

只是希望借着炊烟袅袅，架起沟通的桥梁与母亲对上话。我在心里说，母亲，希望您在天堂快乐。身体好好的，不再被病痛折磨。

三年多，母亲离开的日子，渐行渐远。实际上，生活中，偶尔都会因为某个细节而触痛心中最柔软的部位，都会因为母亲在生时我们的大意、疏忽，或惆怅，或后悔，或痛惜……再也打捞不起的时光。

日前，好朋友李社长在微信中说起自己 84 岁的母亲，自己乘飞机去北京看儿子，从揭阳机场由儿女送进机舱入口，到北京老人家自己走出机场，听来令人羡慕。我没见过李社长的母亲，我想他母亲应该是坚毅、旷达、乐观之人，方能以年轻的心态到千里之外的首都，与儿子过一段团聚的日子。

北京是我的挚爱，每次到京城，看十里长安街，华灯初上，璀璨明亮。夜空下特色各异的高楼林立，呈现出迷人的轮廓。我母亲没去过北京，2007 年，女儿上大学后，有一次约好要带母亲去北京，看看外孙女就读的大学校园，机票都订好，母亲又说“不去了，等以后”。只因当年父亲刚走，母亲走不出心情的低谷，身体虚弱，怕拖累孩子。我犹豫了一会，没坚持带她去。后来，母亲身体每况愈下，想去都去不了。

从此，我总为这件事背上了心灵的石磨，在沉重的记忆中咀嚼着这卸不去的心酸。每当出差到京城，走在宽敞大街或古老胡同，我总会情不自禁独酌这杯心灵苦酒……

母亲的墓园，视野一片开阔，远方是蔚蓝大海，深情眺望，仿佛看到母亲微笑着向我们走来。目送，心灵永远走不出渐行渐远的视野。

我们的发江叔

父亲与发江叔坐在客厅喝茶，阳台打来缕缕光曦，落在地板上，晃成大小光圈。窗外，过往汽车的喇叭声“突突突”时有时无，打断了父亲与发江叔交谈的话音。

那时，还没有改革开放，商品房还没出现，福利分房就是各单位建职工宿舍，家家户户企盼能在单位分到房。现在还不是分房的时期，父亲在跟发江叔嘀嘀咕咕说啥呢？

发江叔身子骨瘦瘦的，眼睛小而明亮，鼻子高耸，嘴唇薄，说起话来幽默生动，我们全家人都喜欢跟他说话。父亲性情急躁，遇到不顺心的事就像鞭炮一样，一点就燃，但只要发江叔在身边，几句不咸不甜的开解，他不是不开口，就是转怒为笑。

这是记忆中，家住车站宿舍生活的一幕。

绕了半天，发江叔是来与父亲商量借我家房子结婚的。

那时，我们家姐妹五个，父母，加上外婆，住着两房一厅，还有个小阁楼。挤一挤，父亲还是能硬挤出一间房借给发江叔住的。

那时，我还是小孩，懂不了那么多。只想到，以后的日子发江叔能住我家，说说笑笑，家里人就不必害怕总发脾气的父亲了。

后来，从生活片段和母亲的叙述中，我才拼凑完整发江叔的故事。

不知现在还有多少人知道“半工半农”这个词，或者叫征地工。他们因为家乡的土地被国企征用，而换来工人身份。说到底，是离开了土地和耕作的农民，来到工厂开始学工人干活。再后来，又有“以工代干”一词，当时的党政机关也有着部分“以工代干”“事业编制”的人，不像现在都叫公务员。当然，机关队伍还是有事业编的人在干活。

身份是一个奇怪的东西，看不见，却始终萦绕其身。厂里的女工是正式工，找一个“亦工亦农”对象，好像就是下嫁了，因为她婆家还是乡下人。一个“亦工亦农”身份的青年，只要他没有干部指标转正，就算活干得再好，模样长得再周正，也敌不过一个相貌能力都平平的正式工或干部编制。人的价值，被身份压住了一半，我那时对这个称谓一直弄不明白，一个人怎么能是半个工人半个农民呢？

扯远了。

发江叔应该是从农村进城市到大三线炼钢铁再被招学徒进了车站当工人的。

他生在一个还算富裕的家庭，但母亲却把他给了人家。就因为听信了算命先生的话，说这孩子命里的八字硬，得卖断给人家当儿子。卖到这一家，养父母的经济状况反而一般般，加上自家接续也生了几个孩子，顾了小的顾不了大的，发江叔小小年纪就过着半饱半饿的半漂流生活。在度过了艰难的童年后，他对别人给予的温暖都铭记在心。

十岁起，发江叔就挑起一对竹筐，拿着拨浪鼓，穿街串巷当卖货郎。竹筐里面装着糖果、纱线、纽扣、毛巾、牙刷等日用品，小小年纪，开始尝遍人间辛酸。

有一天，一老妇打开一扇门，轻声呼唤着发江叔，说要买个针线，挑三拣四，没个定数，倒是话里有话，总套着问发江叔是不是住哪村哪路，母亲是怎样的性格、体态，家里有什么人，一天、两天，一次、两次，说着聊着，老妇还会拿出一个面包、半个地瓜给小发江吃。

聪明机灵的发江叔回到家里，无意间跟养父说起这事，养父一听心里自然明白，就吓唬小发江不能去那地方卖东西，因为那总有人贩子出入，说不定就会被卖去“客顶”（梅县好远的山区）。

听从了养父的话，发江叔换了个地方做小买卖。这时，又有一个妇人跟前跟后说这说那。最后妇人把事情挑明了，说先前那老妇人就是发江叔的生母。而挑明这件事的是发江叔的姑。事实面前，养父母也只好说明缘由。

我不知道父亲与发江叔是何时认识的，又是怎样成为忘年交的。听母亲说，发江叔头脑机灵，又能吃苦耐劳，进车站当学徒工，先学汽车修理八年，再学开汽车。父亲一开始在业务股工作，管司机也管服务员，自然喜欢这机灵的年轻人。后来去当工会主席，组织青年艺术团——潮剧六团，学排戏，唱潮剧。发江叔等一帮小年轻成为文青，也就是在年轻人活跃的业余生活中，发江叔恋上了璇姐。

璇姐年轻、漂亮，父母视为掌上明珠。她平常不爱开玩笑，俨然一冷美人，只有见到发江叔才会莞尔一笑。准丈母娘很疼爱这个未过门女婿。但女婿穷得一瓦房都没有，而生母、养母又都争着要将媳妇娶进自家门。这时候，发江叔来找父亲吐苦水，并大胆地把自己的想法说出来。

父亲平常算是口才好的人，遇到发江叔却只能笑眯眯听他说。发江叔说话既口若悬河，又表达婉转。他真情的倾诉、诚恳的态度让我母亲最先动情。热心助人是母亲的秉性，平常在家说不上头句话的母亲，这次竟大胆答应下来，父亲也没意见，或许他没有想到母亲会如此爽快，倒叫他自己不知说什么好。

发江叔大婚那一天，我们全家人像过节一样。深夜一两点，看好时辰，头发光鲜穿戴整齐的发江叔悄悄拉着璇姐的手进新房。天亮后，母亲说，她作为长辈给这对新人开的门。闹洞房的亲朋好友还没到，我们几个小孩已经欢天喜地在他新房里跑来跑去。

那时的新房，总是摆一个大红盘子，放着红灯糖和双喜饼干，一个红色的玻璃花瓶插着一束塑料花。我好奇地凑上前去摸一摸那个红花瓶和那束花，一转身，裙子一撩，只听见“哗啦”一声，花瓶打碎了！我的脸吓得煞白，璇姐的笑容顿时消失，我母亲听见声音，赶到新房门口，骂也不是打也不是，只能一个劲地赔不是，并用手指戳着我说：“你呀你呀，尽惹事。赶紧出来，叔叔阿姨要休息一会。”还是发江叔情商高，连连说，“没事没事，瓷开嘴大富贵，小孩家毛手毛脚不是故意的，别吓得她以后不敢来叔叔家了”。

而对于我，一个十岁出头的孩子来说，看别人结婚，就像打开生活的一扇门，用纯净的天性去观察新奇世界。

不知不觉，父亲老了，我也长大了。岁月如风，似乎不曾留下痕迹。

多年以后，我成了一名文字工作者，对身处的大千世界充满深情，并做了一些自认为有用的思考。

有一天，我回娘家。母亲兴奋如蝶地告诉我，你发江叔回国了。“回来了？是吗?”我也兴奋起来。

发江叔后来在单位分了房子，搬进自己房子以后，生了一双儿女。后来，55 岁退休的他与璇姐去了美国，投奔小舅爷并帮他打理餐馆。不会英语的发江叔学会了几句简单用语，每天开着小货车，四处奔忙送餐，渐渐扎下根来，也能在美国混口饭吃。多年以后，发江叔也见了世面，但其留在国内的儿女因年龄问题无法办理出国手续，再说岁月不饶人，干脆叶落归根，回到家乡。所以，我们一直喜欢的发江叔又回来了，全家人都高兴。

父母亲年迈在家，我们工作回家，遇到发江叔来坐，依然熟稔地叫“发江叔”，然后又没大没小地和他开起玩笑来。真是缘分，父亲身体日渐衰老，当年意气风发的父亲变成生活要儿女照料，出入要有人搀扶，稍有不慎就会摔倒的老人。而向往着外面精彩世界的父亲，难免对儿女平常善意限制他的行为颇有微词，有时气咻咻地嘟嘟喃喃讲给发江叔听。发江叔总是用一两个故事、一两句话，让父亲转怒为笑。从美国回来，发江叔阅历更丰富，故事更多元，加上幽默的表达，父母亲真是打心眼里喜欢发江叔来串门。

现在想来，晚年的父亲是孤独的，他孤独的心灵被掩盖在强势的外表之内，加上日益羸弱的行动力，更容易动肝火，伤元气。父亲走了十几年，这十几年每每想到当初我们意气用事的细节，总会后悔，总以为是为父亲安全着想，全然不顾他的感受。如今想想，着实心疼父亲，并由衷感谢发江叔陪父亲度过的愉快时光。

母亲晚年也身体不好，生命最后的一年大多卧床，虽然每天有保姆陪伴，但她总盼着儿女来看望她，和她聊天，陪她吃饭。保姆告诉我们，母亲总喜欢半睡半躺着，迷迷糊糊，但只要是听到发江叔来，就顿时变得神志清醒。母亲把生命中最后满满的主意和打算向发江叔和盘托出，对他比自己亲儿子还亲。

母亲撒手人寰，料理后事时，兄弟姐妹几个商量家里的琐事难事，有事便问发江叔，他是一个世事练达皆文章的人，只要他帮拿主意的，我们就听，肯定错不了。

送走了父母，大姐也要远赴澳洲跟儿子一起生活。临走时，她请发江叔喝早茶，我们姐妹几个来到茶餐厅，一见发江叔就像见到亲人一般。大姐一声“发江叔”，然后哽咽得说不出话来，泪水哗哗直流。抑或是丧父母之痛深藏在心灵深处，大姐走到亲切温情的发江叔面前，寻到了倾诉者。

母亲走了好些年，这些日子，我们姐妹几个总想着要请发江叔喝喝早茶，并送一瓶好红酒。在美国生活的他已养成了一进家就想斟一小杯红酒品一品的习惯。电话里，他说："好，约个地方，晨练后就去。有心啦，还记得你们的发江叔!"爽朗的笑声听着挺有画面感哦。别来无恙哈，曾经跟我们借房的发江叔。

曲　缘

回家探望父母，未进家门，一阵悠扬潮曲已缭绕耳际，客厅中电视播放的 VCD 是《刘明珠》片断，范泽华扮演的刘明珠声情并茂；沙发上的父亲双眼微闭，整个人陶醉在经典的曲目中。

父亲身边堆放的潮剧 VCD 有《刘明珠》《井边会》《换偶记》……大多是作曲家马飞先生的遗作。“老马的曲愈听愈有味。”父亲不时地念叨得到家人的默认。作为晚辈，我觉得潮剧的韵味也是自小耳濡目染而来的。马飞先生所作之曲凝聚着文思、才思、神思，它如同一面镜子，映照出一个风流倜傥之人的独特魅力。

印象中的马飞先生方正脸，平头。金丝眼镜后面那深邃的目光，时常随着说话、哼曲凝视前方。他说话抑扬顿挫，极富幽默感。性情豪爽，话说到高兴时神采飞扬，笑声爽朗。而冬天脖子上的一条羊毛围巾，更是文化人的标志。

父亲是潮剧“发烧友”。年轻时，对三弦、琵琶等都略晓一二。作为基层工会主席，他组建了单位业余剧团，还创作出反映运输战线新风尚的小潮剧《夸夫》等作品。时隔几十载，父亲对当年所作的台词还能倒背如流。也就是因为这个“发烧”的业余作品，父亲与马飞老师结下了不解之缘。那时，我们两家住得很近。谦逊好学的父亲拿着习作登门求教，这一冒昧登门，让父亲与马老从此有了滔滔不绝的话题。父亲称马飞先生为马老师，我们也随之叫马老师。

夜幕降临，常常才是他们谈兴正隆的时光。处于创作旺盛时期的马老师常请父亲到家中，将自己的新作分段一遍遍用录音机播放，与父亲共赏。有几段得意之作父亲称之为经典，如“痛彻孺怀，泪洒尘埃……”刘明珠哭坟一段，加上范泽华声泪俱下的演唱，听得父亲连连击掌称“雅、雅……”而《磨房会》那“碧空如水明如海，月影照平台”两句更是百听不烦，细细咀嚼，韵味无穷。赏曲常在夏秋之夜的天台，树影花香，别有一番意境，把自己得意之作与老朋友共赏，确是惬意之事。

我们家那时的生活并不宽裕，但偶尔司机出车从外地带来新鲜海味，热情好客的父亲总催我们草草用完晚餐，为的是将难得的佳肴留作夜宵款待客人。晚饭前后，父亲开始张罗，把切开的鲜鱼片放在通风口晾干，然后将厨房里的坛坛罐罐捣鼓开，花生酱、芝麻油、豆油掺和搅拌，随着炽热火苗，一股喷香乍起。两只酒杯、两副碗筷在圆桌摆开。记得夜深人静，灯光微弱，雪白的墙壁映出一对剪影。父亲与马老两个性情中人，借酒助兴，谈诗词、谈作曲、谈人生，淡泊之交却无所不谈。有时我们在隔壁房间，在偷听谈话中渐渐入睡。有时我们干脆搬把椅子，坐在一旁，偶尔也插嘴问话。马老师总会寻些有趣的话题与我们交谈。后生无畏，答得夸张或个性张扬时，他直呼“好！有性格”。“寒夜客来茶当酒”，“新春佳节酒当茶”，我姐有一回在春节期间与马老的对话，我至今仍记忆犹新。就这样，一回生两回熟，我们也多多少少受到潮剧的熏陶。

那时候通讯不发达，父亲与马老之约常常是通过儿女跑腿来完成。父交子往，两家的儿女也有了走动，马老说，这叫“通家之好”。印象中，马老的生活节律与人不同，午眠乍醒，夤夜起风，也能引出创作灵感。为了一段曲、一句词而苦思冥想，而一旦创作顺畅，便是胃口大开、谈笑风生之时。据悉，在《换偶记》作曲中，他把自己关在房间，废纸扔了半篓，却作不出好曲。后来朋友用摩托车拉他到澄海东里兜风，清新空气和田园风光使他寻到了灵感迸发的突破口。回家后，将老翁马大成和姑娘贾月英各两段唱腔用不同风格生动诠释出来，买小媳妇的马大成与屈嫁老翁的贾月英一喜一悲，形成鲜明对比，其生动效果不言而喻。

二十世纪五六十年代的住房不宽敞，单位好像也没有创作室。在家创作，夜静更阑正是剧作家的黄金时间。马老师任务一上身，便是全神贯注，不分昼夜埋头伏案。一次，作曲至深夜，因不愿惊动酣睡的家人，马老师饥肠辘辘地寻遍家中可以充饥的东西，看到竹篮里有鸡蛋便煮熟充饥。天亮时，夫人发现要凑数与人祝寿的鸡蛋少了一只，眉头双锁。马老哈哈大笑："鸡一生不又有了么?"在童年的我眼中，马老师的生活似乎也过得有滋有味。殊不知，在物质匮乏的年代，名家光鲜的背后也有诸多生活的辛酸尴尬。

六十多岁的马老师因病离开了人世。

记得那年，生病的马老住进医院，一住就再没有回家。幽默的谈吐，爽朗的笑声，浪漫的自信和理想主义的热情却挽不住过早迈向死神之门的步伐。

人生难得的是朋友，更何况是无所不谈的挚友。马飞先生的离去，不啻为父亲晚年生活沉郁的一抹。这些年，父亲心情不免黯然。每每有潮剧新作上演，他总是兴致勃勃地观看。回家后进行品评，又情不自禁拿马老的戏做比较；平常，录音机放的是马老的曲，DVD 播的是马老作曲的潮剧。我们懂得，这是他给远去的亡灵送上的一片哀思，也是思念朋友的独特方式。年逾古稀的父亲腿脚不如以前，思维敏捷不如以前，但谈起马飞老师时却思路清晰，言语丰富，且充满感情。因曲结缘，马老在父亲心中的分量可见一斑。

职大，泛黄而清晰的记忆

今年秋天，同学聚会。几天后，一位同窗有感而发给我信息，内容是八一秋职大同学三十丹樱园相聚感怀。30 年弹指一挥，说起来轻松，想起来沧桑。

20 世纪 80 年代，正值改革开放初期。那一年，教育部下发新政策，承认职大、业大、电大等业余大学的文凭学历，这消息对我们这些从田野到车间的青年来说，无疑是一大惊喜，终于在宽阔车间隆隆机声中，搭上了读书的末班车。于是，报名、复习、考试，用唤醒的人生激情去追逐阳光般的梦想，期待用我们勤奋努力换来的入门券，去叩开未来希望之门。

放榜时刻，在市区瑞平路老八中的右墙角黑板上，寻找到了自己被录取的名字，一阵欣慰涌上心头。

生活的排序，因职大的学习而改变。白天上班，下班后匆匆吃完饭，拎起课本，步行着赶往学校上课。夜空下的职大，灯光映照着一张张不再年轻但聚精会神的脸庞。哲学课的物质与意识的辩证统一；文学课的古代史、现代史……知识的补给，如丰盛的营养大餐，品来大快朵颐；如源源不断的清泉，饮来甘之如饴。那时的日子，我们渴望着每天的课堂，渴望着诗歌散文的营养补充。我们读书，也像文学青年一样，痴迷于美丽的文字，痴迷于那些溢满胸口无处安放的忧伤之美。文学是梦想的旗帜，是精神深处对梦想不舍的坚持。

古今的文化熏陶有一种丰润，让人在神采飞扬中共享人生。而在生活的磨炼下积累的经历阅历，成了读汉语言文学的一笔财富，它助推我们理解文字的内涵。但业余读书，工作之余需要完成的学分、课程也并非轻而易举。它需要坚强的意志，坚韧的毅力，更需要求知若渴的心理。我们班的同学老、中、青皆有，最老的已经年逾50，最年轻的差不多刚高中毕业。年轻人的精力自然不在话下，但那些娶妻生子的，难免劳累困顿，听课不时打瞌睡。当年，我们似乎不太理解这种读书状态，课余不经意的调侃中还有嘲笑之意。如今想来，愧疚之后更多的是敬佩，这些不再年轻的同学，以自己的顽强意志完成了四年的业余课程，成为“杂牌”大学生的标杆。

那年代，是一个激情燃烧的岁月，外马路图书馆四楼常常灯火辉煌，诗歌朗诵会清雅不凡的立意，引来了璀璨“诗星”，文学青年通过登台朗诵，赋予原创或经典的诗歌最生动的表情、最动人的音节。不知怎么回事，有一次朗读会上，我就被推上台朗诵了一首莱蒙托夫的《帆》：“蔚蓝的海面雾霭茫茫，孤独的帆儿闪着白光……下面涌着清澈的碧波，上面洒着金色的阳光……不安分的帆儿却祈求风暴，仿佛风暴里有宁静之邦。”尽情吟哦，快乐无边。是啊，以青春的名义，只要有所热爱，你的精神世界就有一种真正飘逸、飞扬的状态。

我们有柴米油盐的烦恼，但更有单纯的快乐。临毕业全班组织到厦门鼓浪屿活动。我们一边在斜坡小石路散步，一边朗诵着女诗人舒婷的《致橡树》，不经意来到一间商店，发现挂着一套纯白的针织裙，几位女同学每人买了一套。当天晚上就在下榻的旅店，学着跳起芭蕾舞《四小天鹅》的片段，虽然是蹩脚地踮着脚尖，自哼旋律伴奏，但这惟妙惟肖的克隆充满喜悦的氛围。就这样，“杂牌”大学生们过的是简单的物质生活，孜孜不倦追求的是精神的富足。

四年同窗，男女同学对话少之又少。奇怪的是，到了临毕业时，大家觉得就要分别了，没有理由不再交往，刚好都以写论文的理由向单位请假，时间反而多了起来。于是整合资料信息，走得密一点的同窗相互提供、交换材料，便有了沟通的契机。同窗三五成群，相互串门，交流谈话，滔滔不绝。一个题目，若干段落，以至于论文的研究方向都沦陷在了话题的汪洋中。

三十年了，太多的沧海桑田。不少老师、同学已身子佝偻，有的已英年早逝。我们的中文写作老师罗炎州，微卷的头发，略胖的身材，白白净净的脸庞，每次上课都那么认真又诙谐。记得我的议论文《将军骑马士兵也要骑马吗?》被他在课堂上作为范文略提了一下，这略微的一提在人生特殊的时段给我的写作提振了信心。毕业后好几年，听说他病逝了。虽然平常少联系，但师恩难忘，令我难过了好些日子。那位姓秦的同学，短短的脸庞戴着眼镜，说起话来总伴随着爽朗的笑声。一次同学聚会后还表示，下次由他来资助同学聚会活动，但不久就听说患了癌症。有同学说，一开始他到省城医治还信心满满，偏偏幸运之星不肯垂青于他。过了一段时间，被医生叫去谈话后的哥哥对他说：“弟，咱回家吧!”秦同学从兄长佯装轻松的口气中读懂了残酷的内涵，残酷的癌细胞使那个曾经健硕壮实的身体变得弱小枯槁，回家没几天，秦同学就去世了。

我想，但凡任何人，存有生的希望时，渴求的眼神肯定令人为之动容。而一旦精神崩溃，生命又是何等的脆弱。秦同学是经受了病魔的折磨后渐渐走远的，而另一位张同学的猝然离去，是在亲朋好友毫无准备的一刹那发生的。据说，张同学出差回到家已是半夜，隔天一早还开着摩托车送读高三的女儿去上学，回来后觉得累，有点昏，也就是这有点昏，导致心梗……两位同学的猝然离去，其实想起来与下海经商有关。商场的劳累，人际关系的复杂，资金的续断……使之不敌生命之重而怆然离去，留下的是妻儿的悲哀无奈。

人在秋天，心是静的。职大过去已三十载，在我们咀嚼日子的时候，感叹的，不仅是岁月流逝。

三十年流淌的日子，最值得书写的是同学们对事业的孜孜追求，对生活的乐观向上，这是我们这代人的精神财富。

那时候，对我们来说，大多还是懵懂岁月：改革、开放、下海、沉浮、漂泊、沧桑……人生要面对的多少挑战可想而知，但大多都没有退缩过。岁月留下的记忆犹如刻在旧日纸片上，泛黄但不失清晰。在生活的河流中，有的失业后靠打工卖保险度日，却将儿子培养成赴美留学的博士生；有的从机关离开下海后屡遭挫折，却用一技之长舞出一番天地；很多人矢志不渝，愈挫愈坚，即使在最困难之时，心中仍保留着不朽的风景，“谁道人生无再少，门前流水尚能西，休将白发唱黄鸡”。“苏东坡是知识分子的楷模，毋言才华，其人格、乐观进取之精神实为万世之表率。他孤光自照，光而不耀，我愿拥有大师内心这种磨砂之光、恒久之光”，一位姓林的同学在交谈中表达了他的心声。离开令人羡慕的机关下海经商，最苦时在北方零下十摄氏度打工却只靠泡方便面度饥的林同学，经过一番磨难，在生命漂泊归来后仍钟情于文学。事业好转后，他仍念念不忘的是工作和读书，不忘的是对父母的尽孝和对子女的尽责。

人，不能决定自己的长度，但通过努力能决定人生的宽度、厚度。诚如日本作家池田大作所言，幸福绝非在大山那边，而是潜藏于人类自身——但不是那种悠然安坐的自身，而是始终以大山那边为目标，一步步攀进“战斗的自身”，幸福就潜藏于这种生命的跃动之中。

这就是我的同学，三十年前同窗四载的同学。

激情飞扬老文教

五月，文艺百花盛开。

老文教专场演出在纪念“5·23”活动期间推出。瀚苑场地小，舞台没有一流设备。匆匆赶到时，演出已开场。我猫着身子，低头找座位，渐渐进入已是浓郁的氛围。

台上的歌者激情飞扬，但面孔不再年轻。目光扫视台下，还有熟悉的人小声辨认交头接语。旋律，舒缓流淌。窗外，夜空星光若隐若现，变成幻幻的光、碎碎的影……

浮云似的远山，在蓝天下衬成舞台背景。山腰辟开的空旷场地，几排年轻人交错排列。他们虽穿戴朴素，但形象俊朗，表达深情，在同龄人眼中是幅动人景象。

“天之骄子”“优越感”是当年文教宣传队留在我印象中的词条。并非男的个个英俊潇洒，女的人人貌若天仙。可是，能进教育局宣传队的，多是有才有艺，且身材好嗓音高，因而，自有一份与众不同的自信。而人一旦有了自信，即使长得不咋的，也能因其特色而凸显，生动可人。

那时，文教宣传队学习排练基地就设在我们母校六中。印象中，排队进出校门，文教是一景。男的理着小平头，女的多是三寸辫，个个精神抖擞，步伐齐刷刷，走路挺胸收腹，说话抑扬顿挫。大概是演出养成的习惯，在公众面前，总是保持着那份优雅的举止投足，那份神采飞扬，也算是那个年龄段的人对形象的诠释吧。

宣传队一般是上午读书，下午排练。一旦排练铺开，小礼堂如同战场。人声鼎沸，练功起劲时地面还荡起薄雾般的烟土。这边练舞蹈，那边排合唱，而琴弦琵琶等则摆开阵势，对号入座。有时，抒情的乐曲令上课的我们不得不开小差，悄悄侧着耳朵感受窗外的另一番热闹。有时，则利用体育课间隙，干脆跑到礼堂门口看排练。不少时候，我们成了看彩排、看演出的忠实观众。那年代，看正规团体演出的机会不多，从某种意义上说，文教的节目弥补了特定时间段的文化生活空白。

学生不但要学习，还要学工、学农、学军。学农分校，就是“五·七”指示的产物。许多学生走出校门，在分校一边学习，一边劳动。记忆中，坐落在桑浦山的分校，山坡翠绿，溪水潺潺，猪舍茅屋，菜地平畴。我们住在简易平房，以学习为主，轮上劳动班时全周都是干活。花生出土，稻谷上场，种菜浇肥，都有老农似的老师教着，更多的还是放牛、牧羊的轻松活。“铁打的营房流水的兵”，学生定期轮换，一批走后又来一批，于是，分校显得格外热闹，人气特足。

文艺下乡，文教宣传队算主力。农忙慰问，我们住场部附近。没事就跑前跑后看排练。听多了独唱合唱，在记忆力特好的年龄，有些歌词竟入心入脑。迄今，还能唱出“朝霞染红桑浦山哎，桑浦山下收割忙……”“小石桥，不平凡，奔流不息不留停，谱一曲英雄的颂歌，五洲四海齐歌唱……”等歌句来。

提起文教人，总体印象是语言能力强、思维敏捷。因为学生时代的演出需要策划，需要创造，需要调动观众的情绪，还需要打扮。朴素单调的生活年代，文宣队员变着法儿的穿戴，让青春亮起鲜活的色彩，使人感到生活多了缕缕阳光。而我们对美的神往和欣赏，也留下了欢快丰盈的痕迹。

岁月流逝，青春从眼前呼啸而过。当年他们的朝气和活力，如同激情的火苗，点燃了理想主义色彩绚丽的火花。但生活毕竟不仅是歌唱。回到现实中的每个人，得靠自己面对风雨，历经沧桑，按各自的路径一路向前。

30 载一晃而过，前些年我家还住在绿茵庄。晚上漫步林荫道时，只见一溜汽车、摩托车静静停靠。这才想起朋友说的当年的文教宣传队已组成老文教合唱团，排练选址在幼儿园。曾经兴奋如蝶的少男少女已人到中年，但挚爱艺术的心灵依然年轻。成家立业，事业有成，虽地位不同，对艺术较真的劲却都一样。夏三伏，冬三九，从排练室窗口，看到的是仍像学生一样热情认真的人群，传出的高歌浅吟深情依旧。唱得路过的、驻足的人们，不由暗暗佩服和羡慕。

眼前，《满江红》《祖国颂》……一曲曲演唱令人陶醉不已。热情熟络的艺术团副团长陈小岩走过来悄声问："能坚持看完吗?"显然，他认为，不属这个圈子的我能坚持到结束只是一种礼貌。我却说："怎么不能，我当年就是文教的崇拜者。""谢谢!"陈小岩笑得很欣然。

口琴，思乡的深情表达

我所住楼房的保安队员是一群年轻的外来工。每天，大家抬头不见低头见，小伙子们精神、礼貌，给人留下不错的印象。

一个傍晚，我在厨房打理家务，忽然一阵熟悉的音乐飘入耳际，愣一听是口琴。口琴吹出的是久违的《十五的月亮》。后来，连续的几个晚上，我细心倾听，琴声依旧。往窗外看，夜幕下星空点缀，出现了年轻保安吹口琴的剪影，一幅深情的思乡图，一曲缘自心灵的倾诉，在都市背景中显得特别清纯，不禁唤起沉寂的记忆，拂过一阵莫名的感动。

一把口琴，简单的演奏就能唱出深情的乐曲，这是外乡人业余生活的特有方式。他们来自异乡的农村或城镇，因条件限制，不可能在业余时间优雅地拉着小提琴，或保持着优美的坐姿奏起手风琴。而口琴简便，也属工薪阶层承担得起的文化消费。

一把口琴，原本也不具备特殊的抒情元素。偏偏我们这个年代的人，年轻时对口琴有一番亲历。因而，绿色长方形的乐器覆盖了我对口琴的记忆，成了那个对生活充满向往的年龄段最深情的旋律。

两三排火车形状的宿舍前，是开阔的操场，几副木质篮球架下，一群军装头小年轻常常攒在一起，为了一个投篮而吆喝，而叫喊，而吹哨子，那是农场工余傍晚的印象。20 世纪 70 年代，通信工具匮乏，外乡人在两百多公里外的异地，每年只有两次探家假期，想家的日子难以打发，听到夜晚传来的口琴声，心头就有一阵发疼的感觉。于是与农友小陈一起盘算，弹八线琴、吉他都不会，可能口琴学起来容易些。为这事，他们还专门找了个借口骑自行车到海城，认认真真把琴买下。一开始，晚饭后还像模像样地学着吹，吹着吹着，因为音阶移动，旋律高低，口琴在嘴唇之间移动太频繁，磨得嘴皮发疼。更关键的是有顾虑，女孩子怕嘴巴随着吹口琴而拉扁变大。而且似乎会吹口琴的年轻女子也少见，以至于将攒钱买来的口琴丢弃一边任由其生锈。

在一个特殊的时代，一个知青农场成为一群人生命中元气最充沛的集散地，口琴，是在个中发挥不小作用的道具。

酷暑寒风，春夏秋冬，都得在田头作业劳动，对于一群 20 岁左右的青年来说，不苦不累是假。从荷把锄头在肩膀，到一下一下刨开坚硬的红泥土，到种上花生番薯苗，个个汗流浃背。休息时，记得有个瘦瘦的男农友，将酸痛的脖子向前伸："啊，什么时候能回家呀!"感慨触动了不少人，但淘气的我们还是笑话他，堂堂男子，一离家就想家，就像被判了 15 年的监犯一样。"15 年"的绰号由此而成。我们怕他会生气，谁知他却自我释怀：15 年就 15 年，想家又有什么值得可笑？后来，路过男宿舍门口时，看到"15 年"也在吹口琴，那时单纯，现在想来，那简单的抒情远不止爱好成分，从表层看至少还有想家，甚至是爱情最初萌芽的情愫。

我们的农场有几个分场。分场与分场之间，还有一个当地的小林场。说是小林场，其实也就是几个农民白天巡山林，晚上在此住宿。从场部到食堂吃饭，总要经过林场门口。每当夜灯初上，会看到他们拉着二胡或椰胡，"咿咿呀呀"奏出我们听不懂的乐曲。那时，农村男人喜欢穿花布裤衩，林场人拉琴时的这种装束，当时的知青压根看不起，加上夜夜听来都是这几首曲，觉得好笑，暗地里叫它“无字曲肚内知”。其实，借琴弦抒怀有何错？虽然乐器不同，但表达的方式无异。

下乡时，我们带队的是管理部门轮流指派的年轻干部。记得一位姓邱的女干部从海南回城，谈到当年她们下乡情景时忽然表情变得若有所思，她说有一年中秋，修水利的知青们坐在坝上赏月，一个知青摸出一把口琴，对着皎洁月亮，悠悠吹着思乡曲。夜静更阑，吹着吹着，不知谁悄悄哭了起来，渐渐，哭声由个体变成小群体，汇成了思乡大合唱……

农场有一条水利沟，每天下午，从公平水库放水灌溉农田。劳动归来，我们喜欢将脚浸在水里，望着无边的流岚和晚霞，在清凉而欢快的水中，心境慢慢澄清，融入静谧之中，有种从容和平静。此时，听到身后口琴声，思乡的淡淡忧郁就自然而然写在脸上。

流金岁月，岁月流金，当口琴渐渐被生活遗忘时，此时的琴声再现便成为温馨往事。

口琴，思乡的深情表达。感谢那些日子，也因为感谢，所以怀念。

老歌，一代人的经典

每一代人都有自己的歌。

静夜中，当属于自己的歌浮出记忆，禁不住低低吟唱，在心里，为了那逝去的少年时代。

许多年过去了，当我们坐进堂皇的大剧院，欣赏交响乐《天鹅湖》的经典乐曲时，往往谢幕前一首加插的中国乐曲，又把我带进逝去的岁月。随着《北京喜讯到边寨》欢快的旋律传达的喜悦之情，我怀旧的思绪，却是农场广播室的飘絮。那年月，在广播室播放的歌曲中，《北京喜讯到边寨》《北京颂歌》《渔家姑娘在海边》就是主要短打曲目。还有《白毛女》《红色娘子军》《草原儿女》《沂蒙颂》《阿妹上大学》等舞剧曲。在紧张的工作节奏中，欣赏乐曲是一个忙里偷闲的愉悦过程。当然，在音乐曲目的选择上，完整的时间段主要是选择舞剧曲片断，而短打的一两分钟乐曲，则是抢在转播中央人民广播电台《新闻联播》节目之前的短暂时段。无数次的播放，不经意间，我也就成了《北京喜讯到边寨》的忠实听众。

当我们走出校园走进了农场，在集体生活中，歌声无处不在。收音机的、田头的，方式不同却都表达各自内心的浅吟。不少时候则是引吭高歌。譬如，纪念党的生日、国庆联欢，农场就会组织知青歌咏比赛。为了拿下名次，晚饭后，食堂里自然成了天然排练厅。“夕阳，辉耀着山头的塔影，夜色，映照着河边的流萤……”多年以后，我们在卡拉 OK 唱起《延安颂》《长征组歌》依然那么流畅，其实都是那段岁月学会并随着时光流淌珍藏在心灵深处的。

生活里的歌声，是一种悄无声息的熏陶。常常是沉浸于苦闷和烦恼之后，又有了对阳光的渴望。

心灵的歌唱，更多来自生活这片厚实的土地。农场与一片片乡村相邻，从某种意义上讲，我们是从城市真正走进了中国的农村，走进中国的民间。薄暮时分，人渐稀少，晚风渐渐吹起，土地泛起阵阵苍凉。收工后，我们坐在田埂，轻轻晃起沾满泥巴的裤腿，看夕阳晚霞，看大地村庄，看远方的农民在耕耘。老牛艰难地前行，扶犁的汉子，吆喝声随一阵阵鞭花甩上半空而起起伏伏，如同劳动号子，透出一股不屈的坚毅、生命的厚重。少年强说愁滋味的我们，虽然会说出一两句戏谑的话语，但看着脸朝黄土背朝天的老农，风吹日晒的艰辛劳作情景，大笑之后有时骨子里仍有酸酸的感觉。

我下乡的地方是海丰，白字戏是当地的戏曲剧种。它不同于流行西北的秦腔，与我们熟悉的潮剧也不同。直觉中，潮剧是在轻声细语的叙述中娓娓道来，而白字戏则多了几分浑劲和厚重。譬如，同是演《杜鹃山》的柯湘，潮剧中柯湘的唱腔和念白是党代表耐心细致的思想教育，而白字戏里的党代表风格则显出恨铁不成钢的急性子，真的是应了“一方水土养一方人”的俗话，而文化的催生和孕育又何尝不是如此。正因为不同地域的文化差异，才让我们觉得白字戏俚语般的晦涩难听，偏偏又能津津乐道地学几句以赢得别人对自己语言能力的褒扬。

我先生是俄罗斯歌曲的崇拜者。几年前，他出差俄罗斯，一天深夜，乘坐列车穿越俄罗斯大地的他给家人打电话，大声赞叹："俄罗斯太美了！"嚷嚷得至今我都为自己未走进这片淳厚的土地而感到遗憾。卓娅与保尔，普希金和托尔斯泰，陀思妥耶夫斯基和高尔基……为我们这代人提供了丰厚的精神食粮。俄罗斯文化浸润着那个时代乃至一代代的人，一旦《三套车》《伏尔加河纤夫曲》缓缓响起，沉睡的激情就会瞬间被唤起、被点燃，那饱经风霜的低低诉说，仿佛站在深秋夕阳下，极目之处，层林尽染，风吹过，摇曳出落叶的"索索"声，三套车的车轮过处留下深深印迹……是这来自异域的歌，把我们引向这个民族的内心。而跨越国界的音乐旋律，又把我们引向土地，引向民族，引向思索……

在开放的大潮中，一段时间几乎涌动着全民皆歌热潮。卡拉OK使往昔向往歌唱又未能登台的人有了圆梦的补偿，热情随潜能一同释放，新歌老歌流行歌外国歌一同注入目录，"田野小河边，红莓花儿开"，听到那熟悉的旋律，我会情不自禁，起而和之……

"雪皑皑，野茫茫"，偶尔坐同事的车，一两首耳熟能详的歌，会突然拉出一个亲切话题："你也喜欢这歌？""是啊！"我们之间的距离一下子缩短了许多。

呵，老歌，属于一代人珍藏的经典，历尽岁月磨砺，仍闪耀着美妙的艺术精粹，个中蕴含的纯真与美好的情感，超越了时光，超越了记忆，唱着你，念着你，我们走过了自己的青葱岁月。

母校六中

因为要补办一张毕业证书，我专程回到母校。

40 年前，我从这里高中毕业。时光荏苒，现任的郑校长问我，哪一年毕业？在哪个班？班主任是谁？我一一脱口而出，教导处一查，还真没错。

我的母校——第六中学，位于同益路 32 号，是由创办于 1904 年的正始中学和创办于 1948 年的领海中学于 1953 年合并改称的“汕头市私立正始领海联合中学”，后又更名汕头市第六初级中学、工农兵中学、汕头市第六中学、汕头市海滨职业中学，到 1999 年校舍全面改建，并改为普通完全中学，校名恢复为汕头市第六中学。

几度风雨，历经沧桑。内疚的是，离开了母校，又何曾真正关心过母校？我们只有青春年少记忆中的校园模样和往事片断，以及偶尔的思念。

眼前的六中，一幢新教学楼矗立。操场上，莘莘学子奔跑的活跃身姿在眼前晃动。而镌刻在我脑海的是改建前的母校：一幢二层楼的古建筑，金黄色的屋檐向天空飞扬。古老的建筑，细碎的风，马路边那绿荫茂盛的金凤树。夏天一到满天彩霞般撑开的花，红扑扑的，像年轻人青春的面孔。

当年因为家住得远，母亲找人把我从聿怀中学转到第六中学。那时也不讲究名校不名校，只要离家近就好。

记忆中，每天一早匆匆忙忙走过火车桥、文胜桥，再穿往印刷厂、慕韩里，一到公园外围，离学校就一步之遥了。那时，父母忙于工作，哥哥姐姐皆下乡，剩下不大不小的我们，半挨着饿，快快乐乐上完课又往回走。偶尔还要绕道二马路，抬点蜂窝煤，买点米。有一次，肚子饿得不行，我摇摇晃晃地挑起煤筐，不小心撞到了桥墩，煤块撒落一地，桥面乌黑黑一片。于是，我赶紧用两只手捧起煤块，一颠一颠往家里赶，脸上抹了一撇黑还不知道呢。

走进六中，惊讶于每天都能见到帅男美女。原来，这里还是文教系统宣传队教学所在地。能歌善舞的青春靓丽面孔，整天排着队进进出出，好不神气。

读书间隙，我们也会追随文教宣传队的活动，看他们唱歌，吊嗓子，看他们排练舞蹈《雷锋桥》，直到如今，我还能哼唱《雷锋桥》的歌。学校有时晚上也会组织学生去看文教宣传队的演出，记得有交响音乐《沙家浜》，还有一个叫《向文海》的合唱。看着看着，就会议论谁长得好看，谁歌唱得好？看到谁与谁男女声二重唱，就猜会不会发展为恋爱关系。虽年纪轻轻，但萌动的青春也在瞎操心。有意思的是，放学路上，几个女同学结伴而行，跟我们同路的有两个女文教队员，其中一个走路摇头晃脑的，我们觉得太张扬，不喜欢她；另一个文静、含蓄，走路的姿势很好看，我们就老跟着，还想快步走在她前面，近距离看她长什么样。终于，在小巷的拐弯处被我们看到了，长长的细描眼睛，尖尖的鼻子，像古代画里的美人。但眼尖的我发现，她两眼眉宇间好像有一个小三角印记，同学一听哈哈大笑说“算你看得仔细”，听说她是小时候在吃爆米花时看见里面有一个小三角形铁玩具，随手拿了往双眉间一按，谁知用力太深拔不出来，直哭，后来费了好大的劲才拔出来，便留下了印记。不知是真是假。反正我有一段时间老在找那种里面有小三角形铁玩具的爆米花，希望往上一按，也会像该同学那么美。哈！这不就是那个年代的追星吗？

记忆由远及近，印象清晰的还是高中同学。读初中时，从三连到四连又到二连，拆拆合合，读了好几个班，记住了师范学校来的几位年轻老师。高中时仅有一个班，因为文教要办一个高中班，学校就专门开了一个班。

那时候，读书好像静不下心来。除了上课、考试，就是开会、参观，走出去、请进来。为自己毕业后往何处去而迷茫。我们这一代人，还没赶上高中毕业就能参加高考的黄金时代。

2014 年，我出差到 B 市，给一高中同学打电话。他热情地接待了我。

眼前的他，戴着厚厚镜片的眼镜，额头多了几道皱纹，说话还是那么慢条斯理。随着他的话音，记忆的玻璃渐渐拂去了浮尘，我寻到了往昔时光。

夏天的夜，桑浦山，五七分校的山坡地，他挑着洒水桶，东歪西倒，还没上山，一路上桶里的水就洒掉一半，一副四体不勤、五谷不分的书生样，让人觉得又无奈又好笑。可是，当傍晚学农分校的广播喇叭响起，轻音乐伴随着女播音员清脆的声音读起“金色的山坡地，我漫步走上山坡地”的美文时，同宿舍的女同学总会屏住呼吸认真听，当知道这美文竟出自我们班的书呆子之手时，惊讶后都禁不住奔走相告，也开始对这位学农时挑着水桶歪歪扭扭的书呆子同学刮目相看了。

毕业了，我们同一批在学校报名上山下乡。陆丰县炎龙公社欧厝大队当年是我们的学习典型，全市各学校都有一两个名额，我也做好去插队的准备。有一天，班主任吴老师对我说，“学校只有一个名额，你就让给钟同学好不好？”“可以！”我想都没想就答应老师。我没去过那个地方，如今想来，插队的地方肯定比我去的青年农场要艰辛好几倍，他应该拿出在金色山坡地挑洒水桶更加倍的毅力，才能适应那几年的插队生活。

在那里，他艰辛劳动，也快乐生活；他考上了大学，也收获了爱情。工作后又自学考上研究生。并与妻女走进B城开拓新生活。再后来，生活有一些变故，他还是以下乡知青坚韧不拔的毅力挺了过来……

这就是我高中的同学，因为一同毕业走相同的路，虽然下乡不是同一地方，但以后工作性质的接近让我们多多少少有联系，所以，在众多同学中，我还记得他。

中学时代的同学，如同在平原上的伙伴，可以结伴而行，欢乐地前推后挤，相濡以沫。而人生一旦进入了森林，有草丛和荆棘挡路，各人就专心走各人的路，寻找各人的方向。也就是说，“人的一生之中，只有少年时期才会拥有无忧无虑、无猜忌的同学深情”。记得这是一位作者说的话。而当我放飞思绪，这应该也是我们每个人回忆起同学时光时总有一种美好和快乐之缘由吧。

这时候，我回忆的思绪回到那个手写书信的时代，一切都是慢慢的、朴素的。那时，青春的荷尔蒙在纸页上散发，而经过时间的发酵，也就成了似是而非的热爱生活的证据。需要说明的是，一些同学的书信来往是在毕业后才开始的。有青春意识的萌动，但更多的是生活的苦闷，前途的烦恼和友谊的维系。如今，只要看到信件，我还会觉得亲切，因为信是具体指向收件人的，想想，我们已有多久没有用手写信件了。

我的高中语文老师姓林，他声音洪亮，表情丰富。上课时，总是一边讲解一边充满激情地朗诵：“独立寒秋，湘江北去，橘子洲头。看万山红遍，层林尽染……”多年以后，我们还能熟练地背诵毛主席的诗词，应该归功于林老师当年的倾情讲授。若干年后，当得知他儿子是我职大的同学时，我来到老师家中探望他。时光流逝，老师的脸庞有了岁月的痕迹，身子骨也出现这样那样的毛病。老师笑呵呵地说："没关系，我们老师们坐在一起总开玩笑说，到了老年，每个人都得分一点毛病，我分到的这毛病还能治，也算是万幸了。"寥寥几句话，让学生读到了老师乐观的生活态度。

我高中的班主任老师姓吴，教数学，满口潮阳地方口音。在黑板板书时，伴随着他独来独往的数字书写和生动的口音，总会不时引起同学们的笑声。他生动的手势加动作，也给无法静心读书的同学带来许多窃窃私语的谈资。

但吴老师为人朴实，不喜欢张扬，就像他所深谙的数学，有什么话直来直去。当然，有时候为了教学效果或达到解决问题的目的，也不回避用抛物线或者三角函数的方式去迂回穿梭。老师给我最深印象的不仅他教会了我数学知识，而且教会了我步入社会的人生道理。在毕业班每一次的学农实践和上山下乡的动员中，他总会深思熟虑，既循循善诱，又不张扬说大话。一些细节如今细细想来，是作为一个长辈对他的学生在未来道路上的启蒙引导，是对一无所知的同学走向社会有着许多不确定因素的担忧和牵挂。

写母校，我想，自己应该去寻找老师的电话，去看一看这位高中时的班主任。当年他住在一所中学的宿舍二楼，房不大，妻子是朴实的工人，有一双儿女。在老师家，偶尔串门的我们还帮着挑拣鹅毛，做装被子用的。勤勤恳恳耕耘一辈子的园丁，老师，您还记得我吗？

母校六中，回忆在往事里，咀嚼时间浸泡在内心里的滋味。

后来，我在郑校长送给我的资料中看到了一张相片，那是改建前我上过课读过书的二层楼建筑。老式屋顶，窗棂结构却简洁明了，如同那时我们简单快乐的学生生活。此刻，阳光从办公室的窗帘缝隙里漏进来，均匀地洒在图片上，一切都像在梦境里。阳光在操场那活跃的青春面孔上集合，匍匐在屋檐的霞光，复活了那个年代的记忆。

金邻银亲

一场大雨过后，原先并不耀眼的楼房变得光鲜生动起来。

这是在城市化进程中显得落伍的楼房，外墙不贴马赛克，淡绿色的粉刷在风吹日晒雨淋中色泽渐褪。朴素的窗户、简易的阳台、茂密的树枝轻松舒展，微风过处，翠绿叶子浅吟轻舞，成为窗前一幅自然风景。

城市东扩，购置商品房已成普遍现象。但每每从简易楼房走过时，总不免驻足凝望，如同年轻时一个个梦的珍藏。当岁月渐渐走远，纯真变为成熟叶片从繁茂的枝叶里抖落，回忆便成了真情的载体。

那幢粉刷的楼房至今仍有人进出，曾经的邻居大多搬走，有个别还住在那里，过着自个儿该过的日子。偶尔与邻居相遇，总是很亲切地交谈，谈大人、谈小孩，一看到当年总在眼前晃动的小女孩已长成姑娘，邻居们语气自然兴奋了起来。那时，女儿小，幼儿园放学回来，职业的限制使我这个当母亲的下班经常不定时，女儿进不了门，二楼的阿姨就招呼她进自家门，一个面包，一只香蕉，或干脆坐进圆桌一起吃饭。等我火急火燎往家里赶时，吃饱喝足的女儿已是气定神闲坐在邻家看电视、看图书。

我想，大概“金厝边银亲戚”也就是这种含金量吧。

金邻银亲，一群邻居是一段生活的印记。

从小学到中学，我们家住的是骑楼。读初一时，母亲嫌工作的地方离家远，便找人商量换房，大房子换小房子，还高兴。因为上班方便，且住的是小楼房的二楼。那时的人住腻了老屋，能搬进楼房，自然有几分神气。最值得高兴的是，台风洪水到来时家里不浸水，可坐在阳台看风吹雨落之处及对面厝屋被掀起的残物，这对于少年的我们是兴奋惬意之事。一层楼住四户人家，虽然免不了磕磕碰碰，但这样的格局自然成了人与人之间交往的背景。阳台的视野是货车停车场，车少，站场大，邻居们就每天搬着砖翻过墙，在场边搭建一个个小菜园。我至今对玉米棵留有美好的记忆，大半缘起当年的菜地。搬新家后，在新邻居的帮助下，我们姐妹在空地里也围起篱笆，种上了植物。于是，在春天和煦的阳光下，玉米棵由茂绿变成金黄，再变成餐桌上的美味佳肴。还有空心菜、油菜、春菜，用自己的汗水浇灌出来的果实，吃起来甜滋滋的。

记忆中宿舍楼住的另一位姓谢的邻居，他个子高高瘦瘦的，是国有企业的高级技工。每天着一身油污污的工作服下班，坐上餐桌时就已换上宽松的闲服。一盘鱼、一盘肉、一碟花生米，两腿或盘坐着或打着有节有奏的哆嗦，看他一脸轻松赛神仙的表情，那时感到诧异。如今想来，那是做工人忙碌了一天后的休闲。这位大叔是老邻居了，从旧宿舍楼到新宿舍楼，我们两家总是挨着，也算是金邻缘分吧。电工算一技之长，而我们家多是文人，一旦停电就一筹莫展。黑灯瞎火，我们总会走到隔壁喊一声，“老叔，我家电又停了，请来帮忙看看”。听到喊声，邻家大叔就乐呵呵走出来，问明情况，不一会，肩背竹梯，手打着大电筒。只见他一只手在电闸刀中来回几下，接上保险丝，霎时，黑暗变光明。

宿舍楼是岁月的见证。斗转星移，许多人搬走了，搬到更豪华的住所。也有许多人离开了这个世界。当我们渐渐长大，在生活工作中繁忙地来回奔跑，不时总会听到当年哪个邻居离开人世的消息，生老病死，这是人不得不面对的无情事实。

生活在一天天的工作、饮食起居中延续下去，多年以来，搬迁的地方一个又一个。每当在高楼的阳台想起那些匆匆提菜篮跑楼道的邻居，我就充满了深深的眷恋和思念。

喇叭里的声音

银灰色的麦克风扎着鲜红绸布，声音从这里传出，通过功能扩音器，通过纵横交错的广播线，向四面八方漫延。于是，在田头、在厂矿、在教室、在宿舍，声音从不同地方的高音喇叭响起：“落……落……实……实……”同一个字前后却有几秒之差，而站在两喇叭之间，听那扩散的回音，真是奇妙无比。

喇叭里传出声音的，叫有线广播。今天看来，那是后农业时代或工业时代初期的舆论宣传工具，随着有线电视、数字电视的出现，它似乎该进入博物馆保存了。

日前下基层采访，一位镇委书记告诉我，农村虽然有了电视，但近期还是打算建立有线广播站。因为电视要有人打开，收音机要有人拧开，但政策宣传和法制教育，仍需通过半灌输的形式使之潜移默化，所以，还是有必要选择有线广播。村民在田头耕作，在家中养猪都能听到，工作生活不受影响。

夜幕下的“金中”校园，山腰与绿树都暗淡成剪影。将女儿送回宿舍的我，只要听到校园广播响起，匆匆的脚步就会不由放慢，总想听一听这些与我当年年龄相仿的学生坐在麦克风前说的是什么。轻柔的背景音乐中，倾诉的是对母校的挚爱，对同学的关怀，对理想的憧憬……这是跳动着希望的青春之心，在美丽的

东山湖山峦田野边听广播（1987 年春天）

校园专心求学，在开放的年代尽情诉说，通过麦克风和有线喇叭，在校园与老师同学共享。

岁月流逝，我庆幸当今的有线广播仍有年轻人在“发烧”，庆幸基层干部在宣传政策中仍想到它的作用。有线广播，成了我寻找青春激情的某种印证。

那时在农场，从几百名知青中被选为播音员的我由衷感到自己是幸运儿。那时没有条件培训，没有竞争上岗，只能凭感觉无师自通，凭自学逐渐摸索。好在一切从头学起，没有人嘲笑或讽刺。每天，东方尚未露出鱼肚白，晨曲已在四周静谧中轻轻响起，进入状态中的我想象着中央人民广播电台播音员的工作状态。晚上，收工后匆匆吃饭，为的是准时开播。碰上农忙或台风来临，广播的作用更凸现出来，哪个轻伤不下火线、哪个割稻动作快、哪个连续作战七八个小时……都是报道好人好事的素材。

这可忙坏了几个书生，情形类似当今记者发自一线的报道。

因为播音，进入电台当播音员成了我追求的目标。尽管没有实现，但还是感谢那段生活，它使我学会关注新闻，学会简单的广播操作，甚至会搬竹梯上屋顶排除线路障碍。而朗诵每一篇文章、每一首诗，无形中都增加一段人生阅历、丰富一段人生体验。

走进数字时代，感受多元文化，是一种享受。但摁着电视遥控时，应接不暇有声有色的画面让人心情平静不下来，与在静夜中听收音机节目，思绪和感受绝对不一样。抑或，有声无影倒是想象力发挥到极致的最佳时光。这时，从喇叭里传出的声音，自有一股魅力，记忆中更让人有时光倒流的感觉。

露天电影

旷远空寂的操场，紧绑在木柱上的黑边布幕随风轻拂，电影情节在高音喇叭传出的对白和背景音乐的交织起伏中徐徐展开，这就是露天电影储存在我心灵的底片。

那时下过乡、读过大学或参加过集体生活的人，对露天电影并不陌生。那是一段值得怀念的时光，那个年代的电影总让人感到优雅如画，自由如诗。

在露天看电影，人多，气氛好。晚饭前放映电影的消息一经播音员通知预告，知青们的生活节奏便不由地加快，早早换下劳动服，打扮得整洁光鲜。然而，热爱电影的观众不仅局限于农场，夜幕降临，那左邻右舍乡里老人小孩妇女一旦闻讯，早已结伴而来。有时为了争上好的位子免不了吵嚷几句。好在露天电影可以两面看，正面没位置，反面看也未尝不可。看电影的场面还真叫“火”，人山人海，热气腾腾，呼儿唤母，“发烧友”在看过的电影中还能抢在角色前面把台词大声说出来。

最紧张的要算电影放映员，一个片盒一个片盒急匆匆地倒，但往往是大伙看兴正浓时，设备就来开个玩笑。不是银幕上人物忽明忽暗，就是对话成了哑剧。5 分钟、10 分钟……开始大伙还耐心等待，慢慢地，不耐烦了，有人起哄有人骂，也有人质问究竟是怎么回事。那时的电影放映员仅进行短期培训，一旦机器卡壳，那临阵磨刀的功夫又能有多深？且一听到骂声，心里自然打鼓，更是手忙脚乱，待到电影重新恢复正常放映时，已经脸红耳赤，满头大汗。记得有一次看《渡江侦察记》，轻快明亮的音乐旋律正推出小分队进村侦察画面，忽然高音喇叭一片静寂，静归静，画面上侦察兵继续前进，但见进村的侦察员小马紧握拳头，怒目圆睁，背景是看到国民党匪兵凶残殴打老百姓时油然而生的阶级情感，但因为音响作怪，导致演员表情丰富却有口难言。这时，几个急中生智的男知青干脆自觉配音："连长，让我上!""我，我一定要报仇!"只见小马一溜烟往前跑，连长大喊："给我回来!"虽说是赶鸭子上架，可不仔细对口型，还真能混过去，观众在会心大笑中似乎渐渐认可了这段特别的配音……须臾，音响恢复正常，消逝的声音又重新响起，但大伙反而没了笑声，或许周遭环境熟悉的接近性使人感到男知青们模仿得更自然、更生动。后来，看电影《美丽的大脚》中张美丽为放映卡壳的故事片配音的片段，使我惊讶世上看露天电影竟有这么相似的细节，抑或说应该为导演捕捉到生活中鲜活的细节而击掌。

如今，平凡现实的生活少了许多遐想和浪漫，但这曾经令我们神魂颠倒的影像若隐若现，总有某部作品、某句话让你记忆犹新，或打动你。毫无疑问，露天电影比电影院里的观赏来得自由、实在。更主要的是，在那个单元文化的年代，它成为我们最快意的娱乐方式。于是《洪湖赤卫队》成了一代人心中的青春记忆，王心刚、王晓棠等明星人们耳熟能详。《火红的年代》《青松岭》《瓦尔特保卫萨拉热窝》《桥》《刘三姐》……我们百看不厌，成了生活的精神盛宴。这不，在农场看电影不够，一听说周边村庄工厂有放露天电影，禁不住就心里发痒。为了一场电影，晚上走好几公里的路都不觉得累。平坦的大道好说，崎岖的羊肠道也不觉难。偶尔走得急，脚拐了，第二天还装着没事忍痛出工，就为一场电影，值！

回城了，还千方百计找电影看，这时特羡慕安排进影院当放映员的朋友。那时，地委露天剧场不时有内部片放映，一般人拿票难。好在有农友的父母有渠道，于是，拿到赠票，匆匆忙忙扒几口饭就走。从家里骑自行车，二十几分钟的路，累得汗流浃背，但能有机会坐在石椅上看《桃花扇》竟感到舒坦。散场时，熟人彼此打招呼，眼神流露的都是自豪感，而那震撼心灵的诗意画面仍念念不忘。

多年以后，我们看电影不再在露天操场为位置而寻寻觅觅，不必借着月光打着手电筒在崎崎岖岖的小道上匆匆赶路。银幕微缩成电视荧屏，就在舒适的家中，无数频道任手中遥控器飞转，但不再像看露天电影那样令我们关注和激情飞扬。

曾经，时代广场、华美花园空旷操场支起的布幕令我们激动莫名，并耐心等待想坐下来重温，寻找失去的感觉。然而现在，似乎已经感到融不进那个氛围……

露天电影，影响过整整一代人。抑或是因为那个时代文化生活的匮乏，所以反倒显得特别的浓郁，如一杯热腾腾的咖啡，回味无穷。

山城汽校

那曾经开启幻想之门的满天深邃星斗，那每天往返穿梭山路的一辆辆“导奇”教练车，那迎来送走一批批流水般学员的铁打营房，那屋后婆娑树林和山涧的潺潺流水……常常被一句询问勾起回忆：“学会开汽车了吗？”

曾经，作为汽车学校一员的我，多年之后，仍是驾驶的门外汉一个。

1978 年初夏，结束了务农生涯，汽车穿过坎坷山路，在烟尘雾土中来到山城——河婆。考不上大学的我们总算被汽车学校录取，成为一名中专生。

山脚边，一个“退了役”的汽车总站，是学校的全部。连成排的二层楼房是学员宿舍，候车客厅改为课室。在这里，我们开始了汽车构造和修理的专业学习。

窗外，蓝天、山峦、竹林，自然景色交融的图景令人赏心悦目。但，曾经痴望能上城市读大学的我们，待在这山城“啃”汽车构造内容，心，确实沉不下来。上理论课，在教材外面垫一本《小城春秋》；上实践课，老师车外车内钻个遍，把零部件一一讲解，我们却穿着凉鞋白袜还嫌蚊子多……大操场是学校开会的主会场，校长高高瘦瘦的，操着客家口音，天天虎着脸。讲话时大嗓门加上麦克风，音响成倍扩大，“开汽车可不是闹着玩，手中操着方向盘，稍不留神，人家的命就毁在你手里。所以，千万不能由着性子来”。印象中，开会是件很令人发怵的事，校长不是发现这不足，就是指出那不是。

可严肃归严肃，涉世未深的我们也能在山城枯燥的生活中寻到乐趣。晚饭后是悠闲的好时光。此时，炙热的太阳躲进夜幕下，山风习习，星空变得辽远神秘。我们沿山道进城，找乐。那时的娱乐生活贫乏，但精神世界主流健康。没有“靡靡之音”，也就少了想入非非的土壤。

山城的娱乐设施集中在一座戏院——土灰的外墙，竹子扎成的屋顶，硬邦邦的椅子。看电影在这里，看戏剧也在这里。但我们津津有味，一场接一场地不落下。今天看潮剧《十五贯》，明天看电影《瓦尔特保卫萨拉热窝》。散场后，戏院外，稀疏的灯影中有一两摊卖夜宵，可我们不敢靠前，一是囊中羞涩，二是怕不卫生。于是，回宿舍煮挂面。自煮夜宵招数只有一个，插电炉。有一天晚上，刚插上电炉，谁知电热丝超负荷，“砰”的一声，短路。宿舍顿时黑灯瞎火。我们赶紧收拾好躲进床铺。看值班老师打着手电筒检查哪个房间违反纪律，造成电路故障。我们一个个屏住呼吸，听脚步声渐渐由近及远，又忍不住哈哈大笑。笑完，摸黑倒杯开水，“慰问”咕咕直叫的肠胃，又呼呼入睡到天亮。

汽车分校本来是清一色男学员，忽然来了五个女学员，男生们说，失去男人的天下，烦！他们烦，我们也烦，吃饭得早，洗衣服也得早，要不碰上男学员回来一窝蜂挤在窗口打饭，挤在井边洗衣服，女生肯定挤不过他们。

就这样，委曲求全的我们总盼望能坐进驾驶室开车那神气的一天。早晨，男学员们在“呼呼哧哧”的引擎点火声中，坐着一辆辆教练车沿山路训练去了，望着车后滚起的尘土，我们盼望着；放假，坐着男学员开的顺风车回城，看他们神气十足的样子，我们咬牙切齿。谁料，当理想正随自己的努力一步步接近时，一纸公文把我们召出山城：不培养女司机，照顾分配行政职业。于是乎，还未上车训练的我们就又卷着铺盖离开了山城。

生活的脚步就这样不以人的意志为转移。当初，不开汽车是对女性的照顾，如今，开不了汽车对我已是一种遗憾。是该去学学二十年前未转成的方向盘了。当自己暗暗下决心时，回忆起山城汽校的一幕幕，有点情不自禁地笑了，笑自己还是笑别的什么，没想清……

舞台印象

上舞台对于当代人来说并不稀罕，特别是文明日趋多元的时代，张扬个性并不难。

但，在我们那时所处的年代，非文艺专业人才，上台的机会不多，偶尔上一两次还是值得念想的。

幼儿园时扮演的“小白兔”、中小学的合唱独唱，随着岁月流逝，舞台时光如白驹过隙。正儿八经上舞台是1976年前后。那时依然是知青下乡的热潮，一个县城的东西南北顿时因年轻人的集结而热闹非凡，这似乎触动了知青办公室的灵感。于是，冬季农闲，全县组织知青点文艺会演。一纸通知，农场忙开了。比艺平台一搭上，有文艺细胞和颇为活跃的年轻人都派上用场。名额分配到各分队，不知咋的，我竟也是其中一个。

虽然是大姑娘，登台怕羞，但仗着有好多人做伴，且每天能省去半天时间劳动，换上漂亮整洁的衣裳排练，算是可以偷懒，觉得也挺好的。

卫生室的小黄长得白净斯文，一个大老爷们说话却轻轻柔柔，下乡时带了把小提琴，特惹眼。我们的宿舍前后栋挨着，乡村的夜，总能听到他练小提琴“吱吱呀呀”的声音。有时碰上难度大的音符和乐段，感到弓箭像闯不过难关的马尾，在关口上卡了壳，戛然而止的声音特别刺耳。无数个夜晚，刺耳声一遍遍重复，虽然有受伤害受污染的愠怒，但在一次次的不满中又似乎学会听懂某段叫《化蝶》《新疆之春》的乐曲。后来，感到自己应该勤奋学点什么，多少得益于这位农友拉琴不止的启迪吧。

排练时，正纳闷有一技之长的小黄为什么不加入宣传队。一次，回宿舍路上，见几个女农友对散步偶遇的小黄指指点点，一阵耳语后又哈哈大笑起来。原来，文宣队刚组建，负责人就想到小黄，谁知小黄开口就问："是不是全脱产?"惹得大伙一阵窃笑。"不是就不去。"书生一个，即便不是全脱产，半脱产又有什么不好？大概是碍于当初态度坚决，又拉不下面子再改口。于是，进不了宣传队的小黄只好白天劳动，晚上练琴。不知咋的，自那以后，那琴声听起来，似乎多了几分落寞和无奈。

姓王的帅小伙任宣传队长，他根据农业机械化题材进行表演唱创作。节目的大意是，实现农业机械化，田头来了好多辆收割机、打谷机，习惯于用手工劳作的大婶大姨们感到诧异，围着机械你一言我一语，借助表演唱形式把机械化的好处说开来。初排练时，八个女青年一字排开，拿着剧本，分配台词、歌词，然后再汇合排练。起初说不清自己分到唱哪几句台词歌词，且感到表演唱特别难。因为动作不到位，不敢大幅度比画；唱中夹说，声音无法抑扬顿挫；表演是纯本色的，无法抒情。后来倒是在排练锣鼓词中感到舒畅，节奏紧凑，语言铿锵，动作有力，既能突出主题，又能显示年轻人建设新农村的激情和决心。

会演前的那几天，白天夜晚接着练。有如战役总攻前的备战，是为了更有力的冲锋。全班人马集中住进海城大会堂，就在会堂的阳台上排练。迎面是熙熙攘攘的马路，但彩排锣鼓一响，众铜锣钹齐齐响应，排山倒海的气势盖过马路上车流人流会合的杂音。也就是从那时开始，我对锣鼓有了崇拜感。在圆圆的鼓面上，司鼓手中晃动的鼓槌花样百般变幻，可以轻擂，可以重叩，也可以敲边鼓……不但敲出了气魄，也敲出了韵味。一个司鼓就是一面旗帜，它引领锣、钹、乐、弦纵横捭阖，左冲右突，奏出千姿百态的世界。而司鼓时而昂首凝望，时而俯身沉吟，那自信、那得意，令人随之陶醉。这时，一个梦想油然而生：要当女司鼓。于是，排练小憩，总会情不自禁凑到鼓边，抓住机会敲敲鼓，敲不出花样也觉得过瘾。也许是这辈子当不了司鼓的缘故，那梦想迄今仍在心中延续着。逢有观看演出，那司鼓、那乐队指挥，沉浸在音乐旋律起伏中的表情变化仍令我着迷。

会演当天傍晚，早早吃了饭，然后挤在后台方形化妆室排队，让化妆师在脸上涂鸦。帷幕一旦拉开，平生第一次体会到紧锣密鼓的分量。虽然未轮上演出，宣传队领导却一再叮嘱这交代那，弄得大家紧张兮兮。这时，舞台总监督跑过来："千万注意了，任何演员不能戴手表上场！"那个年龄段，戴上手表的知青屈指可数，只有个别高干子女，还有一个老知青。作为农场职工，老知青有了固定收入，戴手表体现自身价值，这本无可非议。偏偏他又在锣鼓词中担任角色。舞台监督提醒时，大概他觉得距演出还有几个节目，临上场再摘也不迟。可到了登台，一紧张，忘了。

不幸，就在最后造型定位时，该同志在做"三高"表演时暴露了。"三高"就是个子高、嗓音高、手举得高。很可惜，那节目因为"手表"问题被扣了分，农场队未能名列前茅。

回农场路上，夜幕下月光明亮，广袤起伏的山峦与皎洁的月光交融诗意盎然，车里的农友仍兴奋不已，争着谈登台前如何如何紧张，有的说望台下时看见张三李四，大部分说因为注意力集中、害羞不敢往下看。最后又归到对"手表"的怨言。当然，无论结果如何，第一次正式上舞台还是很自豪、很骄傲。海城大会堂的记忆也嵌进心中。事隔多年，后来每每出差或路过，总要到海城走一走。无意间瞥见大会堂，都会有一阵莫名的兴奋。几根圆柱，擎起一个米黄色的三角形屋顶……再后来那改建了的新建筑，尽管现代、时尚，却没了那份眷恋。

噢，舞台印象。

哲学老师

“1985 年 4 月 17 日，赴陕西省佛坪保护区考察的北大生物系研究生曾周，由于误入峡谷区悬崖，不幸坠崖殉难。”

这则报道中因坠崖殉难的曾周就是我们哲学老师的儿子。当我们获悉这一噩耗时，几位同学想前往老师家慰问，怎料他已调往广州，其中有一同学与之联系上，老人托言：“谢谢同学们，但目前只想独处。”

白发人送黑发人，那心情可以理解。我想象老人听到儿子坠落悬崖的惊愕表情，想象他永别儿子后孤独回到家里的空荡荡心情，想象他在黑夜中面对儿子遗像的黯然垂泪……心里真不是滋味。

哲学老师 1981 年秋走进我们的视野。当年，一批被耽误的不再年轻的人抓住“知识末班车”的契机，走进了业余大学的课堂，为自己“充充电”“吸吸氧”。哲学老师为我们开课时的一幕至今仍记忆犹新。他个子不高，衣着朴素，把讲义夹放上讲台后，对同学轻轻点了个头。他语言平和，表情亲切，对人和蔼，看不出半点北大哲学系高才生的架子。“物质与意识”“生产力与生产关系”一个个枯燥的哲学命题在他生动的演绎下被诠释得通俗易懂，令学生兴趣盎然。而每每下课后，我和同学还会请教他一些生涩难懂的问题。老师又滔滔不绝地为我们“开小灶”，直至下一节课的铃声响起，他才歉意地说：“放学再讲吧！”

“笔记工整，学习认真，精神可嘉”，是哲学老师在我作业上留下的评语，且最后考查成绩是“优”。岁月流逝，日渐成熟的我总觉很歉意。那时，只顾自己的问题，让连续讲课的老师连喘口气喝口水的时间都没有……好的课如同甘醇老酒，让学生回味无穷。但再好的课也有结束的时候。后来，听到哲学老师儿子的消息，我怎么也无法把这张和蔼可亲的脸庞与那则残酷的新闻联系在一起。

哲学老师才华横溢却一生坎坷。读大学时，与未婚妻一同被打成右派。儿子自小就患有慢性气管炎和轻微软骨症，是自己的逆境给儿子幼小的身心带来难以弥合的创伤，这使身为父亲的老师对儿子总怀有歉意内疚。1981 年儿子以全地区第一名的成绩考上北大生物系，长大成人的儿子要走进未名湖畔的母校深造，老师深情的双眸中多了几许骄傲和欣慰。而当得知儿子执意报考北大是因为要在父亲摔倒的地方重新站起时，这位历尽沧桑却不轻易流泪的男子汉眼睛湿润了……儿子毕业后考上研究生，有一天来信：“要随学校组成的考察队赴佛坪寻找并保护大熊猫，不能回来帮你搬家，很是歉意……献身科学不是一句空话。”老师仿佛从儿子充满激情的言辞中看到年轻的自己，他期待着儿子早日归来……

但，那个漆黑的夜晚，山风撼碎一颗年轻的怀有绿色梦的心，峡谷吞没了一团殷红的仅仅燃烧了 21 圈年轮的生命之火。

斯人已逝，日月如梭。如今，不知孑然一身的老师移居省城晚年可好。他或许记不得 20 多年前教过的学生是何等模样，但今晚，有一位学生在动笔之际遥寄着对老师的深情问候：晚年安康，生活幸福！

涂鸦前的沉思

星期天，呼啸的寒风中，我站在学校的围墙外等着接女儿回家。长长的等待令我不禁左顾右盼。忽然，校外围墙的画面引起我的关注：一幅幅大眼睛的特写。虽是信笔涂画，但画得蛮有灵气。呜呼，旁白却写上“我爱你”“色狼”等字眼。抬头望去，百年老校的大树蓊蓊郁郁，在空中撑开的绿荫掩映着围墙，与校园周围清新的气息对比，这围墙上的旁白确有点格格不入。

路上，我与女儿谈论这个问题。

“这肯定是书读不好的学生的恶作剧。”

“这么肯定，错了，里面也有尖子生的‘大作’。”

“怎么知道得这么清楚？”

“电视台采访过呀！”

墙壁涂鸦、街舞、滑板、篮球是美国青年街头娱乐的形式。在我们的城市里，也有一群群类似的“发烧友”。当夜幕降临乃至夜静更深时，是他们最活跃的时光，他们准备好画笔，在校园外乃至大街小巷，把墙壁当画板，随着手臂在空中弧形晃动，旋即，出现的漫画活灵活现。

“记者采访过，他们怎么说？”

问：“为什么要这样画。”他们说：“不为什么，喜欢呗。”

女儿提供的信息使我陷入沉思，“喜欢，不为什么”。回答得好干脆。能想象，那小青年昂着头，表情潇洒而自信，真是为自己的行为而自豪。有涂鸦，还有滑板，他们也为自己的喜欢而快乐。

商场前面宽阔的场地，成了年轻人滑板的海洋，心灵的恣意随脚下的滑板翱翔，并不时在空中翻个高难度动作，简直是花样滑冰的南方版。

年轻人，有自己的爱好，多好。但是，墙壁如一张白纸，能画最新最美的图画，你画得也挺美，可你却用“色狼”之类的字眼去注释。你像猫子般夜晚出击，画了自己想画的东西，宣泄了心中的郁闷，可天亮时，墙壁上的不文明涂鸦在大庭广众背景中不就成了精神污染吗？

徜徉在滑板欢乐的海洋中，无拘无束的心灵在恣意翻腾中引发青春激情，可你想到没有，这给周围的住户、邻居带来的是夜间睡眠不和谐的音符，还有街舞，还有……总之，在自己身心获得愉悦的同时，有没有考虑别人的感受。

年轻人的涂鸦给人留下沉思。当今社会，网络的大千世界，荧屏的五彩缤纷，年轻人耳闻目睹的可谓是眼花缭乱，他们的青春感受或是遨游太空中，或是飘浮于空气中，或是震颤于地下草根里。游移不定的信息接纳容易使心灵随波逐流、定力受影响。这样的年代，是不是更应该把对年轻人的人格修养、大家风范的培养，放在素质教育更突出的位置。想一想，在告诉年轻人争冠夺第一、呼吁给孩子自由快乐空间的同时，也应教育他们做一个有道德的人，做一个尊重别人、处处留心不给别人造成伤害的人。

生命的充实，在于领悟生命的深浅。在人生的漫漫旅程中，我们不一定能成为启蒙者，但是我们的一言一行可以影响他们，可以成为促进他们健康成长的“生长素”。在和风细雨的交谈中，在不知不觉的言行中，我们的爱心和行为会引导他们树立对社会的责任感、正确的价值观和崇高的理想，从而走向健康发展的道路。

作为家长的我们，努力了吗?

首进省城的记忆

二十岁的年龄爱做梦，做梦的年龄敢于将梦想付诸实践。说来也巧，人生第一次上省城，就是二十岁那年。

省城广州什么模样？那年月，只是从父辈兄辈的描述中去想象。南方大厦、白云宾馆，很多稀缺之用品托人买回家后，也就加深了广州印象。

下乡务农，农场址在广汕公路中段，299 公里牌往右拐，就是可塘青年农场了。离家时觉得路程远，到农场后却觉得离省城更近了。

第一次进省城缘于与邻居的巧遇。

20 世纪 70 年代中期，还是经济短缺的年代，但工交战线的人有自身优势。农场是交通计委合办，父母亲在运输部门工作，家里住的是车站宿舍，自然有不少邻居是司机。

那天刚好碰到一邻居开车进农场，出差广州，因为那时没有高速公路。走一整天太累，中途在农场住一宿。熟人见面，高兴地打招呼。司机问我："去不去广州？"我一听乐了："行啊！请完假明早就走。"来不及细想，也没过多考虑，翌日一大早，兴冲冲坐着车走了。

驱车 200 多公里，进省城时已是灯火辉煌。那情景还真使人领略到什么叫目不暇接，什么叫眼花缭乱。霓虹灯、有轨电车、老式骑楼、摩天大厦，这些以前从电视上看到的一切，瞬间都亲眼看见，有一种被麻醉了的感觉。

走的时候兴奋，一心想找在佛山读书的农友。隔天又得赶回汕的司机把我寄在一朋友家，然后匆匆离去。那时的人思想单纯，啥事没多想。好在不是寄放在人贩子家，要不然早已遭人暗算。但司机一走，才意识到自己的冲动和迷茫。在司机朋友家搭睡，朋友是揭阳人，老乡，还算热情。朋友的爱人是广州人，冷淡地打量着我这个不速之客，然后低下头，一边听收音机一边径自打着毛线。那个晚上恰好冷空气南下，没多带衣服的我盖着薄薄的被子，饱尝了寄人篱下的滋味。

那时去佛山得坐轮船或搭火车。司机的朋友一大早开车把我送到渡口。那天，珠江口上空乌云密布，狂风渐起，寒流侵袭，抵达佛山时已是大雨倾盆。这回惨了，出门在外，没带雨具，提着行李袋，以为很容易就能找到在学校读书的农友。谁知珠三角一带的人不习惯说普通话，我用普通话问不通，只得用蹩脚的省城话问："九江基、九江基……"也许是雨天，听的人不耐烦，大都摇摇头，匆匆赶着自己的路。

大雨瓢泼，马路上，一阵阵泛白。第一次独在异乡受挫，简直手足无措。对自己跑到远离家乡的都市来寻找农友的行为顿有一种荒诞感。想打电话，既没号码又不方便，而我略显孤单无助的形象并没有引起擦肩而过的路人探询或关注。人们行色匆忙，表情漠然。于是，我只好沿着马路边临街屋檐下走啊走，感到脸庞被细密的雨淋上一层又一层，根本不往下流淌，却如同积水般往皮肤里渗透，不由一阵阵打哆嗦……又一阵暴雨，这时，一个姑娘撑着伞从对面马路走过来，我灵机一动钻进她伞下，她很和善地把伞倾斜过来，问："没带伞？"我摇摇头。"外地来的？""是。""去哪呢？"我又用普通话又用省城话比画着，她终于听懂了。“认识，九江基在市郊，很远。”我差点跳起来。认识就好，再远也不怕。这姑娘热心，说她有个表姐在交通监理所，找车方便。巧的是，她表姐也是潮汕人。我心头一热，老乡见老乡，两眼泪汪汪。等她表姐把我送到九江基省交通技工学校时，已是晌午。望着她表姐离去的背影，记得自己只顾傻乎乎地摆手，一个“谢”字都说不出来。

逛祖庙、游公园、住宾馆……高高兴兴地游玩过后，又得找回程的车。车不好找，除非买车票。那时一个下乡知青哪有这个经济实力，仗着是运输系统职工子弟，我和农友跑到汕头交通局驻穗办事处，想坐“霸王车”。正好，有一辆货车第二天要回汕头，路过农场。但司机一脸阴沉：“有位子，但不拉女的。”“为什么?”“不为什么，反正女的上车车不顺。”听着心里不舒坦，求人如吞三寸剑，但不好吞也得吞。我和农友强打精神，好说歹说，最后干脆背水一战：“若是坐你的车，车真的坏了，我自愿下车走回农场……”大概是我这副不知天高地厚的口气反倒逗乐了司机，他一直乌云密布的脸终于有点云开雾散，一句“早点起，到点我可不等”算是答应了。那一晚啊，我和农友几乎一整夜没睡，小憩片刻又凑着灯光看表，怕误时搭不上车，天蒙蒙亮时，我们就收拾行李，一杯白开水送一个“车轮”包，提前到车场。

给人印象差的司机倒还有副热心肠。上路后，他依然虎着脸但还是不断回答我的问话，当听到我用胜利者的口吻说：“女的上车车不照样顺畅吗?”他在“嘿嘿”的笑声中显出一点憨厚。也许是为自己的封建意识表示歉意，中途停车时还请我吃了海鲜，再送我进农场。

结束这不平凡的省城之行，满腹委屈的同时又为自己遇到不少古道热心之人而庆幸，心存感激至今，包括那位话不好听、脸色不好看的司机。

转眼，二十几年过去。二十几年里，我去过无数次广州，对摩天大厦已熟视无睹，但收藏在记忆中首进省城的感触尤深，似乎，那是单调乏味的生活积淀下来的光与色，是做梦年龄特有的光与色。

总是那座山，越过思念的水平线

总是那座山，越过思念的水平线。

掰手一算，距1975年整整40年。那是金秋的九月，在老市区胡文虎骑楼门口，几辆饰着红绸布的客车，满载着一群群年轻人，即将奔赴农村的广阔天地，接受贫下中农的再教育。刚刚高中毕业的我，也是知青队伍中的一员。向往、迷茫，思绪的五味酱瓶啥滋味都有。汽车在坑坑洼洼的公路上颠簸了好几个小时，到达农场已经是下午时分……

我下乡的农场在海丰可塘，场址在广汕公路299公里牌处，往右边的乡间小路拐进去。农场的原野一望无际，农田、树林，还有尚未开垦的大片土地。这里原是一个军用机场，后来辟为五七干校。几里路之遥，一排排齐整的平房映入眼帘，而远方一座山峰，巍峨耸立，那就是可塘大嶂山。从此，那座山镌刻进心灵深处。40年的岁月，无论走到哪里，只要回忆起下乡的日子，眼前就会出现那座山。噢，那座山，越过思念的水平线。

那时候，允许家长陪着到农场。父母亲陪着我去。一觉醒来，还没弄明白身在何处，家长们就要随车回汕了。母亲笑着对我说："与你一同来的小农友已经拿着扫把在扫地了，你要向她学习。"不知咋回事，一听到母亲叮咛的声音，我的眼泪就止不住往下掉。我在高中毕业前就总嚷嚷着要上山下乡，母亲二话没说毅然支持我，邻居李充阿姨是个老干部，她也一再鼓励我走出去："大风大浪锻炼方能成才!"细心的母亲请木匠钉了个木箱，还陪着我到小公园的纺织大楼买床单被褥，尽管手头不宽裕，却特地给我添置了两身厚暖衣服。那时年少不懂事，如今想来，在母亲乐观鼓励女儿下乡的铿锵话音里，她的内心又何尝不为我牵挂？别看她招手时还乐呵呵，谁知她上车后或回到家里，会不会悄悄掉眼泪呢？

干农活是下乡的第一课。太阳露脸不久，早工的钟声已然敲响。肩扛锄头，走上还站不稳的田埂，挽起裤腿，在老知青的示范下，笨拙地抡起锄头，学习挖农田排水沟。锄头一上一下，汗滴禾下土，好不容易挖了一丘四方形的沟，满心欢喜以为可以回宿舍休息，谁知组长又说："把那一丘也挖一挖。"一看，眉头都起皱了，天那么热，竹笠、草帽盖了头却遮不住脸，还挖，还挖……手中的血泡就是在那时候磨出来的。稚嫩的血泡磨破了，慢慢上茧，又磨出新血泡，再慢慢上茧，就这样一天天，周而复始，夜晚，躺下床时浑身酸痛，望着窗外皎洁的月光，往往是委屈的叹息和思乡的泪水……

俗话说：读书怕考，种田怕薅草。三伏天，挽起衣袖裤脚，趴在泥田里，用手扒掉稻田边的草籽、草根，指甲都塞满了泥土，磨出的血丝又被泥水淹没，而对比起耨草，金秋收割的景象却让人的心情有天壤之别。秋天，树叶金黄，田野干净，稻穗被饱满的谷粒坠得弯下腰，用镰刀收割金黄稻穗，心情也随之黄澄澄起来。稻田里，踩着打谷车和左右翻动脱谷粒的年轻人，构成一幅"致青春"的美图。而记忆中的插秧也很爽，手掰着大块秧团的泥土，把小秧苗用食指、中指麻利地斜插成井然有序的行列，顿时，一股播种美好的喜悦在心中升腾。渐渐地，忘却了耕作的艰辛，收获了劳动的愉悦，吃苦耐劳的习惯也在不知不觉中养成。

在年轻人聚集的农场，不久成立了文艺宣传队，当时我在紧靠大嶂山的一工区，也被挑选上了，半天劳动半天排练节目。我记得自己上的第一个节目是女声表演唱，扮演一群农村妇女，看见拖拉机那新鲜劲，从诧异到熟悉。自己是一配角，只有两三句台词，手脚不知放何处，又不能引吭高歌，用今天的话来说就是打酱油角色。但毕竟是宣传队员，每天晚上到附近大队演出也挺好玩的。我们宣传队王队长是个帅哥才子，集编、导、演于一身，什么快板、群口词、表演唱、潮曲清唱样样拿手。那时，在农村巡演，算是给村民送精神食粮，每到后林、梓里、大嶂演出，乡亲们兴高采烈，比看露天电影还热闹。演出快结束时，乡亲们会抬一桶猪肉粥或菜粥到后台犒劳大家，在那个年代也算是美味了。于是，大伙都盼着自己的节目早点演完，可趁热去吃那大碗粥。

海城是海丰的县城，一条主干街，两旁商店林立，电影院、大礼堂，是对那个年代县城的记忆。到海城参加活动，是知青生活中的一件大事。那年，我们全县知青文艺会演就在海城举行。一层是文化馆，二层的天台有宽广的台面，会演前集中彩排，大伙把鼓锣抬上去，面对天台前面县城熙熙攘攘的人流，擂起战鼓，亮开嗓音。记得有一老知青，戴了当年很潮的 30 元一块的揭阳葵花手表，大伙让他摘下来，别戴着上台，他不知道是忘了还是舍不得摘下来。正式演出时，评委们误以为这人不是知青，是专业的托，扣了分，影响了我们队的名次。回农场的路上，他被小年轻们咋咋呼呼的埋怨嚷得低下了头，心里肯定很难受……

我保存的相片里有一张就是当年的化妆照，是农场小卖部售货员帮我化的妆，老知青版的化妆手法把我两只眼睛化成大熊猫似的，深蓝色卡其裳翻出白领，把齐胸的辫子盘起来，算是那年代文艺青年的印记吧。

沉浸在美好的回忆中（2012 年在台湾）

当农场播音员，是我下乡大部分时间的工作。

不知是哪个伯乐发现我普通话还行，声音脆，就给推荐上了。没有培训，没有师傅带领，全靠无师自通。白天干活时收集好人好事，晚上前半部分时间开播农场新闻，20 点转播中央人民广播电台新闻和报纸摘要节目。看起来挺滋润的工作，但也是甘苦自知，它逼你不得不多学习，多练笔。一有全县电视电话会议，就得提前接好电话线，保证声音清晰，线路畅通。

农场没有专门的广播维修工，只是盯着哪个男农友熟悉电工，就百般讨好求他帮忙。每逢刮风下雨，电线接头被吹断，如碰巧那男农友人不在或心情不好罢工，就只好自己当女汉子了。有一次，下午 2：30 要转播县里召开的电话会议，没人帮忙，只好自己搬着梯子爬上屋顶，接好线头，检查线路，下来时却发现梯子不见，以为被风吹倒，不料一阵坏笑飘进耳际，原来是几个小年轻把梯子搬掉，等着看我的笑话。还好，其中一个看我憋红了脸，才把梯子搬出来。有一次，天空刮起狂风，下起暴雨，广播也不敢开，但线路故障，电闸跳开，我顺手把它往电排回扳，没想到，被漏电的线路狠狠咬了一口，吓得我脸色煞白……

有苦有乐，这也许就是青春岁月吧。

放露天电影的日子，是那个时代我们生活中的节日。当消息通过高音喇叭送到农场四个工区时，周边的乡村也沸腾起来。乡亲们搬凳子，早早到操场占位。《渡江侦察记》《春苗》《智取威虎山》……看什么电影全凭放映员到海城拿的是啥片子，放映员也是业余的，有时放映中带子卡了壳，有图像没有声音，男知青们就发挥想象力，对着口型，一句一句配，等到声音恢复，发现台词八九不离十，就忍不住为自己的成果欢呼起来，甚至推推搡搡，以引起众人关注……

看电影，是大家共同的节日。一听赤雁桥边的赤砂糖厂放电影，几个农友便相约，连晚饭都等不及吃，就火急火燎赶路去看电影。回来路上，肚子饿得咕咕叫，有人建议钻进甘蔗田里，折几根嚼嚼。有一女青年，纵身跳进蔗林，因为身子胖，重心失调，那脚刚好塞进田缝里，崴了脚，疼得不行，最后还是一男青年把她背回来。闹得大伙以后老开玩笑说俩人好上了。那男的睁大眼睛说，背她就好上了？看到她脚肿得连路都走不了，不背她回来让她留在地里喂狼狗？也是，现在想想，都为这男青年点赞呢，虽然话说得有点粗，但品行还是好的。

高考恢复时间是 1977 年，这一缕阳光，照进终日在田野上劳作的年轻人的心扉。不少人也开始捧起书，邮递员一拨拨送来了家长寄来的邮包，学习氛围渐渐浓厚，但基础不能一蹴而就，基础好的，显得信心满满；有的铆足劲急着往前冲，但怎么冲心里就像揣着小兔子，七上八下。记得夜晚的农场会议室，有请来一两个辅导老师，不管听得懂还是听不懂，坐在那表情就不一样。可笑的是，我对自己高考心里没底，在填报志愿时却兴奋如蝶，抑或是多年的梦想找到了寄托。于是，我第一个志愿填的是北京广播学院采编系。大概以为有几年农场播音员的基础，考的时候或许能加分。而三尺讲台和托着瓷盘穿白裙子的护士也是我心中所向往的，于是，后两个专业就填了师范学校和卫生学校。考试的结果不难预料，一个都没考上。但天无绝人之路，当梦想的气球在现实的天空中炸裂后，阴差阳错，省交通技工学校汕头汽车分校，把我们这些分数差点的农场青年招了进去。梦想与现实虽有一段距离，但平常总想着有一天能扔掉手中的锄头，走出大山，去看更精彩的世界，这不正是我梦寐以求的吗?

告别农场的那一天，我没有随大部队走，提前一天离开。虽说平常嚷着苦和累，但真正要挥手告别，我不敢回望大嶂山。只是眼眶湿润，不知这泪水是高兴抑或是忧伤，也许都有。

揭西河婆，是我们读书的地方，从一个县城到更小的一个县城，当有条件坐在课室听老师讲《汽车构造》《汽车修理》时，枯燥乏味的内容让我不禁兴味索然，不时打瞌睡。于是，我冒险将《小城春秋》夹进《汽车构造》课本里，一边看一边应付着听课，看到入迷时，老师冷不丁走到我桌前，轻敲两声，一看到我书中书，愠怒了："《小城春秋》能让你开好车，修好车?"全班同学目光朝这边聚焦，我的脸禁不住红了起来。

山城的空气清新，翠竹青青，换下劳动服的我们换上百褶裙，上街逛书店，看电影。也了解到市场的鸡蛋是成对卖，肚子饿时城里有夜宵，青春岁月多了一篇乐章。

汽车分校原先是清一色男学员，我们五个女生进校，男生们愤愤不平，说以往洗澡都不用关门，现在几个女生来了，生活变得不方便。令我们自豪的是女生给清一色的风景增添了几抹亮丽色彩，期待学好本领，当上手握方向盘的女司机。于是，我们开始读书学理论，观摩汽车实操，了解引擎、底盘、点火等知识。每天一早，看着男学员上教练车，到盘山公路上苦练，都会投去羡慕妒忌恨的眼光。我们也学会排队打饭，猪肉票吃完先赊账，学会偷插电炉煮点心，还偷偷跟着学校的车回家过周末……当我们以为女司机的汉子性格渐渐练成时，学校一纸公文却把我们提前分配到工厂，大概是那时代，女生不适合培养当长途司机的缘故吧。

走出大山，走进课堂，走到工厂，生活又有新开端。在工厂，我又一次当上播音员。教师、护士的梦想走远，而土包子播音员还有实践的机会。2007 年，陪女儿到中国传媒大学艺考，无意间瞥见北京广播学院采编系、播音系的牌子时，冰天雪地里的我激动得挪不开双脚，几十年向往的这扇门今天就在眼前，学校甬道那两排高挺的白杨树，让我想起当初自己的青春梦想，如果当年的梦想能实现，我今天又会在哪里呢？只是青春不再，梦想走远……

40 年岁月，总是可塘农场那座大嶂山，越过思念的水平线。前几天，几位农友相约回到农场，寻找当年的自己。岁月走远，宿舍、机场已让位给新的建筑，但大嶂山还在，见证我青春岁月的那座山还在。

静水深流

逃离是一种懦弱，面对应取的题中之义，就像那棵树，独自站立，自有挺拔的出彩。它吮大地之精华，吸日月之元气，长成笔直躯干，把悦目的绿撑成绿荫片片，此时，泛出的生命之绿醉人无限，你又感到它与易碎的瓶子无关。

延河水暖，乡音夜夜入梦

胜利日大阅兵铿锵的步履，雄壮的乐曲，将人们的思绪拉回到那战火纷飞的岁月。我不由想起几年前中秋节前夕，在北京医院拜会过的柯华先生，交谈中柯华先生忆起抗战年代的延安生活，特别是与爱人相濡以沫的延安爱情……

时年 96 岁的柯华先生气色红润，比起第一次在他家中采访时身体要好些。他让陪护小田摆上几张椅子，倒上茶，说："我们就这样坐着聊天。"

看见我们用好奇的眼光打量着四周，心细的柯老给我们解释说："老北京医院干部楼是按苏联建筑风格设计的一座大型医院，现在的新楼是美式设计。我这次专门让司机去接你们，因为车开进大门方便些。上次，有记者过来采访我，等检查完证件足足用了一个多小时……"柯老精气神很足，那天的话题海阔天空，我们很轻松地聊开来……

身为潮汕人，柯华先生是家乡的骄傲。

1915 年 12 月出生于普宁县里湖镇的柯华，是一位著名的外交官，一位富有传奇色彩的人物。他曾任我国外交部第一任礼宾司司长、第一任非洲司司长、第一任中国驻几内亚大使、第一任中国驻菲律宾大使，并先后出任中国驻加纳大使、中国驻英国大使，一直到1995年离休，他为中国的外交事业奉献工作了30多个年头。1993年，在柯华与其他老同志的倡导下，北京潮人海外联谊会成立，柯华众望所归，担任首任会长。

忆往昔，柯老那富有磁性的声音娓娓道来，带我们穿越年轮，触摸经典。

1932年“九一八”事变爆发，正在汕头大中中学（现汕头四中）就读的柯华，满怀一腔爱国热情，与同学们一起上街游行，到国民党市政府请愿，并捣毁国民党市党部，后来，虽然因学习成绩优秀未被学校开除，但主动退学的柯华，一年后转到厦门大学附中复就读。

1935年，考进北京燕京大学医学预科的柯华，积极参加“一二·九”抗日学生运动。1937年3月，燕大学生组成了延安参观团，柯华与其他九名同学长途跋涉，来到向往已久的革命圣地延安。这是全国第一个也是唯一一个到革命圣地参观的大学生访问团。毛泽东主席两次接见了参观团的学生，与这群热血青年先后进行了长达五个多小时的亲切谈话。

忆往事，柯老孩子般地笑了笑说：“那时候，我们打扮成富家公子、小姐，通过八路军西安办事处的帮助来到了延安。毛主席接见我们，说了四个问题，我们问：‘日本还要打多久？战争还要打多久？’毛主席说，‘总得打七八年吧’。然后他鼓励我们不要回去，留在延安发动群众。”

“夕阳，辉耀着山头的塔影，夜色，映照着河边的流萤。春风，吹遍了平坦的原野，群山，结成了坚固的围屏……”宝塔山下的熏陶，革命圣地的亲历，在柯华年轻的心中撒下了热血的种子。抗日战争爆发后，他投笔从戎，参加了八路军。先后到山西临汾八路军前线总部工作，后受命调回延安。1949年，西安解放，柯华先后担任中共西安市委、西北军政委员会、西北行政委员会的重要领导职务……

窗外的毛毛细雨，飘飘洒洒，聊天的气氛直抵心灵。

说起延安经历，我们问柯老：“您跟您夫人是在延安认识的吗?”

“是。”柯老的眼神凝视前方，沉浸在延河水暖的甜蜜回忆中。

“在延安，住窑洞。我住山上，她住山下。每天工作都得打个照面。后来，政府号召开荒种地，每个人都要在一小块地上耕作，我俩就合起来种。淘粪、挑肥，重活脏活自然是小伙子的事，而她就浇水、拔草，劳动的快乐使我们不知不觉地走到一起。我俩结婚时，只买了两毛钱花生，两毛钱糖，大家围在门前热闹热闹，就算婚礼了。生第一个小孩后，她就去参加集中培训了，孩子只好让我一个人带。男同志哪会带小孩呀？有一次煮粥喂他吃，一喂就吐出来，还‘哇哇’直哭，我焦急了，赶紧打电话让我爱人回来，一进门，拿起勺子往嘴里一舔，她也吐出来，咸得不得了，孩子怎么能吃呢。唉！还是女同志心细，懂得先自己尝尝再喂娃。”

延安年代的岁月虽然艰苦，但再苦再危险，有信仰的人都依然活得精彩。柯老在回忆中脸庞充满着神往的光彩：“人哪，有理想和信念活着才有价值。”很显然，他为自己的一生活得多姿多彩而感到自豪和欣慰。

“解放战争时期，打老蒋，分了战利品，是一罐奶粉。那时，我爱人带着小孩在部队的另一地方。”年轻的柯华，舍不得喝一口牛奶，硬是把这罐珍贵的战利品封得严严实实，捆在背包里，一路艰辛前行，行军途中还不时摸摸，生怕丢失或渗漏，并悄悄盼望着把它作为见面礼，盼望着与爱人、孩子重逢的那一刻。当他把完好无损的奶粉交到久别的爱人手中时，她的眼睛禁不住湿润起来……她当然明白，一个男同志要保存这罐战利品实属不易，如果不是特别细心、专心，早就丢在半路上了。

还有一次，在行军打仗中，爱人的被子在匆忙赶路时不慎丢失，急得直掉眼泪。柯华知道后，就把自己的被子剪成对半托人捎给她。这半床被子，包含着柯华作为丈夫对妻子的无限深情，也见证了特殊岁月时期夫妻相濡以沫的深情。

谈兴正浓时，柯老问我们渴不渴？他让小田泡茶，说：“北方人不懂喝茶，家乡人来了，我一定要好茶招待。”

小田拿出大红袍岩茶，给我们每人沏了一杯。淡淡的茶香，让我们品味到柯老的浓浓家乡情。

窗外，云层渐渐暗下来，天空淅淅沥沥下起了小雨。此情此景，我们问柯老：“特别想念家乡吧？柯老，想不想再回家乡看看？”

柯老的神情渐渐黯然起来：“现在想回家乡再看看基本是不可能的。我现在这腰不行，想外出也得向医院请假，得到批准才行呀。回汕头的航程要三个小时，我坐不了那么长时间。不过，也不是不可能——”柯老眼睛一转，狡黠地笑了笑，仿佛让人看到外交官睿智幽默的一面：“如果是北京飞深圳，机舱大，可以躺下休息，再坐深圳朋友的大车回汕头，放平座椅，平躺着，那样多好！不过——”柯老话锋一转，“基本是回不去了”。柯老微笑，但让人不难读出这位令人敬重的长者语气中略带的惆怅。

临走，我们拿出从家乡带去的中秋月饼和茶叶，柯老问：“你们带东西来？”我们说：“中秋节到了。”

柯老若有所思：“哦？中秋节到了？唉，在医院这环境，我又不能请你们吃饭，真不好意思。”

“柯老，别客气。下次吧，下次一定让您请。”

柯老拄着拐杖，坚持一送再送。在走廊里，我们开玩笑说：“您这是外交礼节呢！真是过意不去……”他笑着说：“没事，我这腰不好，平常也得溜达溜达。”快到电梯口，一转身，看见他还在走廊里向我们挥手告别。细心的柯老，让我们心头一热……

期许少年中国崛起的追梦人

在珠三角南端美丽苍郁的凤山下，一处名人故居吸引着络绎不绝的参观者，它就是梁启超故居。

远景是凤山，丽日蓝天下，耸立着引人注目的明代名塔——凌云塔。迎面是梁启超的全身铜像，马甲、西裤、皮鞋，微风吹起的黑色长风衣轻掀一角，气宇轩昂。凝视远方的炯炯目光，思虑中自有一股深邃。一个期许少年中国如朝阳般崛起的追梦人留给人自信而坚定的第一印象。

1873 年春日里的一天，梁启超出生于清末岭南典型的半农半儒之家。祖父是村中唯一的老秀才，父亲教书多年，母亲出身书香名门，父母终生严守儒家道德规范，是当时茶坑乡颇有影响的家族，这对梁启超的一生影响深刻。

故居建于清光绪年间，面积有 400 多平方米。一幢古色古香的青砖瓦平房，由故居、怡堂书屋、回廊等建筑组成，故居有一正厅、一便厅、一饭厅、二耳房，两厅前各有一天井，便厅侧的梯级直达顶部楼亭书房，可远眺崖海风光。怡堂书屋，是少年梁启超的读书处。清光绪十八年（1892 年）夏天，梁启超携新婚妻子李惠仙回乡，就居住在书室的偏房，其长女梁思顺也出生于此。

童年的梁启超才思敏捷，12 岁到广州参加童子试，次年即进入当时广州高等学堂之一的学海堂读书，在儒家经典的熏陶中夯实了国学基础。后又成为广州著名学府菊坡精舍、粤秀书院和粤华书院的院外生。

1889 年，17 岁的梁启超参加广东乡试，考中举人第八名。主考官李端梁即以堂妹李惠仙许婚于梁启超。1890 年，梁启超赴京试不第。南归后经陈千秋介绍，投拜康有为门下。在四年的浸染中，他涉猎了中外古今群书，其中就有魏源的《瀛环志略》，有博兰雅创办的科学杂志《格致汇编》。在康有为维新思想的熏陶下，他年轻的心灵种撒下了忧国忧民爱国思想的种子，踏上了奔走呼号促进变法的艰难征程，成长为维新运动的主将。

作为康有为的学生、信徒、助手，梁启超最终还是与先生分道扬镳，这段史实也成为不少文艺家潜心创作的炙手题材。广东清远作家李新华创作的话剧《康有为与梁启超》，全剧以康梁师徒情感为主线，37 年的时间跨度，广州、北京、天津、日本等地的空间转换，涉及“公车上书”“戊戌变法”“辛亥鼎革”“护国战争”“张勋复辟”等重大历史事件，以话剧的方式演绎得栩栩如生。其中，有两个细节对这些历史片段进行了生动地诗意表达。

在《决裂》一场，梁启超对前来邀请他参加“光复大清”的恩师感到无比的痛心与失望，奉劝康“三思”不果后，从心底迸发出“世有康梁，再无康党”之悲叹，师徒由此决裂。两个共同爱着自己国家民族的热血男儿，一对曾经生死患难的师徒，在是否复辟大清这个问题上产生了剧烈的、不可调和的冲突，如此撕心裂肺的冲突让两颗心都在滴血……

在《哭拜》一场，康有为在青岛病逝，作为弟子，梁启超从天津赶去吊唁。殊不知，康有为至死都对 10 年前“张勋复辟”事件中梁启超说出的那句“世有康梁，再无康党”耿耿于怀，梁启超被剥夺了送老师最后一程的权利。在冰天雪地里，他向天长啸：

我师南海，堪称圣人！当初在广州万木草堂教诲语犹在耳，当年在京师上书变法之翰墨历历在目，启超不能忘却，不敢悖离。然而，我梁启超只为天地立心，为生民立命，为救华夏民族脱水火，为让少年中国能崛起，当初在万木草堂一拜康师是为修身，在东京寓所再拜康师是为救国。今日里，在这个冰天雪地三拜康师，只为明志！我梁启超自问无愧于天地，对得起康梁之“康”，也无愧于康梁之“梁”……

梁启超的生命旅程，可谓风云激荡，祸福变幻。他以爱国为己任，追求民主和真理，梦在呼吸，心在飞翔。

一生中，梁启超与孙中山合作过，也对立过，拥护过袁世凯，也反对过袁世凯。对此，梁启超说，这绝不是什么意气之争，或是争权夺利的问题，而是我的中心思想和一贯主张决定的。我的中心思想是什么呢？就是爱国，我的一贯主张是什么呢？就是救国。“知我罪我，让天下后世评说，我梁启超就是这样一个人而已。”

对于梁启超，历史上的伟人、文人都有独特、精辟的评价。

毛泽东评论梁启超说：“他写的《变法通议》在《时务报》上连载，立论锋利，条理分明、感情奔放，痛快淋漓……是当时最有号召力的政论家。”

郭沫若说：“平心而论，梁任公地位在当时确实不失为一个革命家的代表，他生在中国的封建制度被资本主义冲破了的时候，他负载着时代的使命，标榜自由思想而与封建残垒作战，在他那新兴气锐的言论之前，差不多所有的旧思想、旧风气都好像狂风中的败叶，完全失掉了他的精彩。”

萧公权认为，与清末民初之时局相响应，梁启超以“善变”闻名于世，从戊戌年的变法开始，到庚子勤王，再到创办《新民丛报》，宣传“新民”思想，为开启民智鼓与呼。辛亥革命后，他回国参与政治，两次讨伐复辟，再造共和。他继承了晚清思想中儒家经世致用的传统，并将传统转为新的人格和社会理想，在不断的“变”里，其宗旨和目的始终不变。其方法虽变，然其所以爱国者未尝变也。

期许少年中国之崛起，作为一个时代的追梦人，梁启超有自己的志向和追求：凡任天下大事者，不可无自信力。每处一事，既见得透，自信得过，则出一往无前之勇气以赴之，经百折不回的耐力以持之，虽千山万岳一时崩坼而不以为意，虽怒涛惊澜蓦然号鸣于脚下而不改其容，猛虎舞爪而不动，霹雳旋顶而不惊。

生活中的梁启超真诚得可爱，有时也让人难堪。1925 年阴历七月初七，徐志摩和陆小曼结婚，请他为证婚人。私底下，梁启超反对他们“使君有妇”“罗敷有夫”之间的恋情，也规劝过徐志摩这个诗人的浪漫之举。然而，碍于徐志摩之父和胡适的情面，答应出席证婚人的梁启超在喜气盈盈的婚礼上对徐、陆厉声训斥，滔滔不绝，使满堂宾客瞠目结舌，徐志摩不得不哀求先生：“给学生留点脸面吧。”

生活中的梁启超又真诚得有趣。黄苗子《世说新篇》中有《梁启超写序》，文曰：“蒋百里先生为著名军事家，在文化上也极有贡献，他留德归国后，曾写了洋洋五万言的《欧洲文艺复兴史》，梁阅后大为赞赏，蒋便请梁为此书作序。不料，梁文思泉涌，序成也是五万字，觉得不好意思，便加写一短序，而把长序改编为著作出版，反过来请蒋百里作序。”

名人故居时，参观者来了，一阵热闹。走了，寂寞空荡。我想，梁启超身后的寂寞，正好反衬了大师高深的学问。因为学问原本从寂寞中来，大师更不例外。但，作为一个时代的追梦人，为着少年中国朝阳般的崛起，梁任公传达了一种声音，完成了呐喊的使命。

人境庐，思想者的光芒

走访名人故居时，我会留意门口的一草一木，一沙一石。若有小河潺潺，我会想象无限。时而随意拾起一粒石子，透过阳光的光斑，看它细密的纹路里浩瀚久远的时光密码。

人境庐，是一座位于梅州市郊周溪畔的故居。这里，诞生了著名爱国诗人、启蒙思想家、改革家、外交家黄遵宪。

“结庐在人境，而无车马喧”，人境庐取意于东晋大诗人陶渊明的这一名句，1884 年春，由黄遵宪亲手设计建造，距今已有 100 多年的历史。

黄遵宪年方三岁就能背千家诗，十岁便吟出“春从何处去，鸠亦尽情啼”“天下尤为小，何论眼底山”的诗句，成年后写出“我手写吾口，古岂能拘牵”的千古名句。

清光绪三年（1877 年），中举后被任命为驻日公使参赞的黄遵宪，编写 40 卷 50 万字（言）的《日本国志》，写下近 200 首记叙当年人情风俗和政治动态的日本杂志诗，为中日文化交流贡献自己的心智。调任驻美旧金山总领事时，他尽力保护华侨华工的正当权益。

《马关条约》签订后，黄遵宪深忧国家被瓜分的命运，于清光绪二十二年（1896 年），他出资参与创办《时务报》，大力宣传变法维新。黄遵宪是徐子静学士向光绪皇帝推荐的五位通达时务人才的第一个，光绪帝对黄遵宪的“于各国政治的本原，无不穷究，器识远大，力事精细，其所言必求所行，其所行必求有效”大为赞赏。然而，同年的维新变法运动，黄遵宪遭接慈禧太后密电的两江总督调查，扣留于洋务局，后经疏解，清政府允其回乡闲居……

人境庐就是在他由上海启程南归，隐居于故居“在勤堂”时取名的。

雪白的墙，一溜溜青灰色瓦片从屋顶直泻下来。红漆大门，上方横着一整条被岁月磨得锃亮的白麻石，门楣上的“人境庐”三个字，为日本书法家大域成濑温所书。庐舍筑有花圃、假山、鱼池，曲径回栏，花木掩映，景致清雅。

思想者的光芒永远能跨越岁月的隧洞。故居四壁，书柜里那泛黄的线装书，使人境庐弥漫着浓浓的书卷气。当年，因“戊戌维新”被贬回乡赋闲的黄遵宪，其所携十万多卷旧籍新书均放置其中。不难想象，夜静更阑时，彻夜难眠的黄遵宪手背落满了星光，徘徊在这七字廊、十步阁，穿越在这五步楼、无壁楼……田园的蛙鸣声从恬静四周清澈传来，一杯沏得酽酽的新茶飘逸着淡淡的清香，在房间走动的诗人喃喃自语，这样的夜晚，就像他所作诗词中散佚的一页。

思想需要排除一切外界干扰方能直抵心灵深处。这样的夜晚，黄遵宪拂去喧嚣尘世的泡沫，让思想探索进取，让生命的宽度和厚度得以拓宽升华。清扫人间心灵，记录人类历史。

蛰伏的生活，黄遵宪创作灵感源源不断。他自选和编订了《人境庐诗草》。而会客厅的“万丈函归方丈室，四围环列自家山”“有三分水、四分竹、添七分明月；从五步楼、十步阁、望百步长江”，让你感受到别开生面的文化景观。占地五百多平方米的人境庐，诚如陈运和诗所云“立在那儿有民族的坚硬风骨”，展现了主人的磊落襟怀和高雅情操。

黄遵宪是一个有行动力的知识分子，他穿越苦难，心中有一个不朽的风景。此时的他，重在涵养自己。孤光自照，光而不耀。

读知识，读感受，读人生。

微风吹动了枝头的秋叶，书柜里尘封的线装书，几分朦胧又几分意味深长。

那份静，是喧哗与浮躁尘世的稀有珍品，生命在须臾之间，一切又复归平静。

往事并不如烟，思想者的光芒穿越岁月，引人遐思绵绵……

咀英人生　感恩父辈

——读阎连科《我与父辈》

我们与父辈血脉相承。当父辈人生的脚步渐行渐远时，已经步入中年的我们，对人生的咀英，如同黄牛吃草，在不断咀嚼中，倍添对亲人的依恋和怀念，也使我们的思考有了新的质感。

阎连科新作《我与父辈》，其椎心泣血的文字，令千万读者为之动容。作者先前的作品曾获鲁迅文学奖、老舍文学奖等国内外奖项 20 多次，但他在自题中说，“在我所有的作品中，这是一颗钻石”。

或许是年龄与阅历的关系，阅读《我与父辈》，觉得与自己同龄的阎连科，所写的是我们经历的身边事，所思的是我们想说却说得不是很透的理。于是，在阅读中，我也随着作者萦萦思索，日思夜问，去追寻我父辈的人生与命运，去追寻我的少年和童年，去寻找那段岁月中的痕迹和落尘。

作者以写实手法，分“我的那年代”“想念父亲”“大伯一家”“我的四叔”四部分，写作的缘由如同作者所言：“终于就在某一瞬间，明白了父辈们在他一生里，所有的辛劳和努力，所有的不幸和温暖，原来都是为了活着和活着中的柴米与油盐，生老与病死。”昨日青青，今日苍苍，韶华白首之间，既漫长又短暂。

有的年代过去了，有刀凿之痕；而有的年代，平淡无奇，如漂浮流云。作者在自己的回忆中，穿越了读书时的苦涩意境，追寻阅读《红楼梦》的兴致，娓娓道来，生动自如。而在《枪毙》《写作》中，则反思了知青潮给古老农村带来的冲击，这也是作者观察生活的开始。从淘气不懂事挨父亲几记耳光，到艰难打工之后每月领薪往家里寄钱的那一刻所感受的惬意和温暖。而作为《高考》亲历者，亲身体验村里考生无一录取，但命运绝对公正的难忘感受，读来熟悉如昨天之事……

“想念父亲”是我读得最动情的一章，父亲土地上的身影是作者烙在心灵深处的形象。“他是农民，劳作是他的本分，唯有日夜的劳作才使他感到他是活着的和活着的一些生存与意义，是一种天正地正的应该。”

作为农民，父亲是辛苦的。日出而作，待认定日头确是落了，黄昏确是来了，才把镢头狠命地往地上刨一下，总结样地，翻了一大块硬土之后，把镢头丢下，将双手卡在腰上向后用力仰上几仰……

劳作的父亲又是愉悦的。日落之后，父亲让弯久的累腰响出特别舒耳的声音，找一块高凸地面的虚土或坷垃，仰躺上去，面向天空，很随意很舒展地把土地当床铺，均匀地呼吸。然后再起身看看他翻过的土地，迈着匀称的脚步，东西走走，南北行行，用一根小棍在地上笔算几下，于是，那满是泥土的脸膛就有了笑容。

农民的儿子因此似乎懂得父亲在这个世上生存的意义。因此明白，作为农民，人生的全部苦乐，都在土地之上，土地与劳作，是农民人生一切苦乐之源。父辈的生命，早已像庄稼一样种在土地上，只是随着年华流逝，雨水没有以前丰沛了，大地也没有以前肥沃了……

盖房，是父亲的事业。他几乎把自己一生的全部精力和财力，都集中在为子女们盖下的几间瓦房上。等儿子们一个个结婚成家，也便了却父亲的一桩桩心愿。而此时的父亲，已变成病根难愈的老人……

这就是中国式农民的父辈。对儿女特别操心，即使把整颗心操碎了也甘心。

《我与父辈》的难能之处在于对父辈的感恩，对父辈的感情，哪怕是生活细节中的反思，都倾注了深情，显得直白、实诚。在晚辈一代咀英生活、感恩父辈中，成了一种范本、一支标杆。

我们总是要把父母对我们的疼爱无休止地拉长，永远去享受父母给我们的疼爱。

因为这种疼爱像河流一样源远流长，我们便以为那疼爱是取之不竭的。因为取之不竭，用之不尽，所以我们也并不把那爱放到心上去。直到有一天，父母老了，病倒了，我们才明白，他们都早已为了生活和儿女、日子和琐碎，精疲力竭，元气耗尽。

一个人的一生，抑或只是几页纸的文字记忆。但父辈艰辛生活的记忆，在作者的心灵深处是沉重的。

对父母生命的疏忽，如同我们常年在暗暗吮吸着他们的血液而当作可有可无的水。

现在，他们年迈了，陪伴他们的只能是赋闲的无奈和日渐衰落，甚或他们迎面而来的日子里，只能是疾病和死亡。

于是，作者发出震撼人心的呼喊：我们应该明白，我们还应该把我们为欲望而做的努力拿出那么一丁点给他们。把我们十个指头中的二十八节指骨分出一节来，让他们使用和抚摸……

为伟大的长征深情抒怀

大型历史文献纪录片《长征》，在纪念中国红军长征胜利 80 周年的日子里，不停在央视各大频道播出。影片以纪实的历史事实、生动的人物事例，再现了辉煌的长征历程，激情讴歌了伟大的长征精神。刘为光的名字出现在音乐总监、作曲两个栏目上。

刘为光老师，是著名的潮汕籍作曲家，中央新影集团、央视新影中心国家一级作曲家，中国电影音乐学会副会长、国家特殊津贴专家。2013 年，因为与刘为光老师一同创作了潮语歌曲《我的家乡我的爱》，几年来，他已成为我亦师亦友的“胶己人”。那天，刘老师给我发来信息，说近期在纪录片《长征》中担任作曲、总监，请我指导。看完《长征》，我也给刘老师打电话表示祝贺。几天前我在北京，一个偶然的机会，作为家乡的媒体人，独家采访了刘老师。

刘为光老师创作过许多革命历史题材的影片，如《中国出了个毛泽东》《周恩来外交风云》《共和国主席刘少奇》《百年小平》等。他所创作的歌曲《共和国之恋》、《日月同光》（电视剧《毛岸英》的主题曲）、儿童歌曲《我有一个好爸爸》在社会上有着广泛的影响力。

抑或长时间专注于创作，刘老师的神情看起来显得疲惫，但一旦进入《长征》创作的被采访状态，他就抑制不住激动，滔滔不绝，显然还沉浸在创作的激情兴奋中。

这是一个重大的主题。中国工农红军，完成了一次史诗般的长征，地图上标识红军方向的纤纤一脉，蜿蜒西去北上，成为中华民族的一个精神坐标。刘为光老师说，创作颂歌式的音乐主题，必须更富于思想内涵、艺术内涵。长征路上，有多少人在千难万险中跋涉，有多少人在壮怀激烈中牺牲，长征是人来完成的，音乐应该更多表现人的内心，体现长征中人的精神升华。

刘老师拿着一张创作手稿对我说，创作时，要对每一个故事、场景、过渡等做铺排，也就是说，每一片子都有自己的主题，有自己的逻辑性。在影视作品创作过程，不仅要有工厂生产线式的制作，更要有发自心灵独创性的亮点，这样相互穿插，才能在规律性中达到创造性、鲜活性。譬如，在《长征》创作中，交响乐在不断交汇中加深印象，在同一音乐主题前提下，可以变化各种情绪，战斗的、抒情的……整部长征音乐创作，很好地运用了交响文化思维，音乐大气，主题突出、节奏有激情，在不断重复的过程中，为《长征》影片内容的深化起到了很好的作用。而结尾时《长征》歌曲铿锵有力地响起，形成首尾呼应的效果。总而言之，音乐是影视作品整体的一个重要组成因素，也是表现影片艺术感染力的重要手段。

在刘老师的创作手稿中，有两段标注着“革命情浓浓”，都是通过小提琴和大提琴对答、乐队对答来表现，这引起了我的好奇。刘老师是这样回应的：长征路，是一条牺牲之路，湘江战役，红军奋战了七个昼夜，湘江血流成河，当地居民“三年不食湘江鱼，十年不饮湘江水”……这样的场面，唯有通过音乐旋律来表达文学形象，用小提琴和大提琴的对答来达到延伸思维、烘托主题的效果。

江西于都一个村庄，当年村里仅有的 17 个年轻人参加红军，

与刘为光老师合影（2015 年在北京采访刘为光老师）

走上长征之路。临走之前小伙子们想给家乡留个念想，于是每人种下一棵树。这 17 人走后，17 棵树已长成一片树林，长成一座精神雕像。可 17 个年轻人再也没回来，他们把自己年轻的血肉之躯献给了伟大的长征，献给了中国革命。

何等感人的故事，何等纯净的心灵。刘老师也用小提琴、用合唱、女高音等音乐表现方式，来讴歌战争年代老百姓心灵的纯净和高尚。

长征，是人类历史的史诗，它是一种英雄的行为、理想的行为。如果不以信仰充实生命，就不可能以意志创造奇迹。刘为光老师说，“在纪录片的音乐创作中，用声音表达感情，虽然过程是虚的，但结果是有倾向性的。因为音乐创作的风格形成、音乐语言的表达，都是要增强对主题的理解和深化”。

在《长征》的音乐创作中，旋律有的壮怀激烈，有的奔放激情，但给我留下深刻印象的还是娓娓动听的小提琴，它往往在一个场景的开头或结尾，总是格外清晰地传入耳际，这时，你就会被故事悄悄地拉出来，在情景交融中深受感染。因为人性的光辉在这支长征队伍中经久闪烁，扣人心弦。

音乐以独特的形式深化主题，音乐不是简单保留重复，而是深化、延长、放大。要达到这样的效果，首先，作曲家要对历史有深刻的理解，对主题有准确的把握，只有这样才能以专业的造诣提升音乐的感染力。

中央电视台十套节目总监阚兆江在接受采访中这样评价刘为光老师对《长征》的贡献：一是以丰富的阅历和艺术造诣激情地创作。因为在音乐创作领域，没有深刻的理解是不能达到一定水准的，这与作曲家本身的艺术造诣密不可分。二是强烈的责任感。长征是一个宏大的主题，随着岁月的延伸，要为这部题材创作，需要一个重新理解的过程，刘老师用自己的音乐语言增强对主题的理解，形成自己的音乐创作风格。三是全身心投入。作为音乐总监和作曲，年逾花甲的刘老师依然充满激情，无论是创作、演奏，还是监听、指挥，他亲力亲为，通宵达旦。他认为，没有激情就达不到艺术效果，更感动不了观众。

大型历史文献纪录片《长征》在中央电视台多个频道隆重推出后，反响强烈。影片融思想性与艺术性为一体，感动和教育了广大观众，是主旋律作品的又一部精品力作和鸿篇巨制。

长征是一部中华民族的英雄史诗，是中华民族优秀品德和精神的集中体现。今天，重温伟大的长征历程和伟大的长征精神，更具有不可替代的历史和现实意义。“能参与到这部大型文献纪录片的创作，激情讴歌伟大的长征精神，也是我不忘初心的证明吧！”刘老师露出欣慰的笑容。

与木麻黄结缘的人

——读张红新作《谷文昌的故事》

从未对福建东山如此神往。

印象中的东山是碧海蓝天和蓊蓊郁郁的木麻黄。

近日关注东山，是因为关注谷文昌的故事。日前到福州出差，老朋友张红大姐给我送来她的新作——《谷文昌的故事》。

张大姐是福建新闻界的资深记者，我急切地打开她的新作阅读起来，而她，也在交谈中向我铺开了采写谷文昌感人故事的细节和经过。

2015 年，是谷文昌的百岁诞辰，距离他去世，已过去 34 年。人们仍然会谈论他，怀念他。每逢春节、清明，东山人先祭谷公，后祭祖宗。张红在书中写道："谷文昌生前从来没想过为自己立碑。死后，在他工作、生活过的地方，却处处可见丰碑——他把生命融进东山的林带，东山沿海那抵挡滚滚黄沙护佑田园林舍的千万株木麻黄，是他的丰碑；他把生命融进宁化的水库，宁化深山那调遣千顷碧波浇灌万亩良田的巍巍大坝，是他的丰碑。"

用文艺的模式写新闻的书，是一种创新。张红是福建省新闻单位最早采访谷文昌事迹的记者。2015 年 6 月 10 日，张红接到了福建省委宣传部领导的任务，希望她以"真实、生动"为创作原则，把谷文昌的故事讲得更生动、更具体，让更多人受到教育和感染。

真实，意味着笔下的时间、地点、人物、事件必须是真是实。生动，意味着用简洁的笔再现其人其境，让读者如见如临。于是，张红翻阅了她用心血凝成的10本采访笔记，连同采访所得的相关资料。保存时间最长的，历时26年。翻开页面泛黄的笔记，细细密密的字迹后面，张红眼前浮现出一个个采访对象的音容笑貌，这是《谷文昌的故事》的亲历者，因为他们当中的许多人，曾经与谷书记一起工作过、战斗过、生活过。

谷文昌，出生于河南省林县石板岩乡郭家庄南湾村农民家庭，生于乱世，在苦水里长大。他66年的人生轨迹，起于北洋政府执政期间，贯穿了土地革命、抗日战争、解放战争、新中国成立初期、“文革”等不同时期，止于改革开放之初。动荡的年代中，他认准共产党的革命道路，立下“不带私心搞革命，一心一意为人民”的志向，并用一生的心血践行。

早在2001年瞻仰谷文昌陵园时，时任福建省长的习近平就说过：“人民群众是最公正的!”近年，习近平总书记撰文称赞谷文昌“在老百姓心中树起一座不朽的丰碑”。2015年初，在与中央党校第一期县委书记研修班学员座谈时，习近平再次“点赞”谷文昌。

东山岛，位于福建省南部沿海、台湾海峡西岸，是福建省第二大岛。东山岛，绵延的海滩犹如少女的臂弯，婀娜动人。连接大陆与东山岛的八尺门大桥，巍峨耸立。更有那郁郁葱葱、傲然挺立的木麻黄。谷文昌，就是一个与东山岛结缘的人，一个与木麻黄结缘的人。

1950年5月，谷文昌随军渡海解放东山岛。是党，把他派到东山岛；是党，任命他为东山县委书记。然而，年轻的谷文昌面对的是一个荒岛，光秃秃一片，一年四季，风沙不断，肆虐时可埋掉大半个村庄，乞丐村民随处可见。谷文昌用3年时间，与技术员一起，先后试种过10多个树种、几十万株苗木，都未成功。终于，在广东寻到了一种树木：木麻黄。回来试种时，遭遇持续一个多月的倒春寒，遍植全岛的数十万株木麻黄树苗几乎全耷拉着脑袋。绝望之际，却发现有9株木麻黄活着。就是这9株新绿的幼苗，让谷文昌和技术员们看到了一丝希望。“你们信不信，能活9株，就一定能活900株、90 000株！”正是这9株稚嫩的木麻黄，如星星之火，以燎原之势在东山岛蔓延开来。因而，固住了沙的侵蚀，挡住了风的横行。进入20世纪80年代，东山岛的木麻黄，已长成参天大树。茫茫瀚海之滨，千万株木麻黄林冠接天，成行成列，构成伟岸坚强的绿色长城。绿叶遮掩了天幕，绿叶飘送着芳馨，绿色的海洋让人们在行走中感受到当年致力造林的谷文昌无所不在的身影。

木麻黄，是默默无闻的树，是东山岛的生命树。

东山岛，因谷文昌而变，因木麻黄而美。造林成功改变了当地的生态环境，在改革开放春风的吹拂下，东山县顺势而为，调整农业产业结构，农民种芦笋、种果树，多种经营使他们钱袋子鼓起来，新房子建起来，笑靥灿烂起来。于是，东山人民把木麻黄叫“谷树”，以此缅怀让东山岛从荒沙变绿岛的谷书记。

站在东山岛北端，仰望八尺门，这个连接东山岛与大陆的交通要地。此处原名“陈平渡”，清初，清政府为断绝东山岛人民与郑成功的联系，在渡口筑八尺高的界墙炮台，驻兵把守，遂改名为“八尺门”。

千百年来，东山人出岛靠小船摆渡，海底暗礁密布，海面怒潮，舟覆人亡的惨剧时有发生。1960年，作为新中国建立后福建省第二个移山填海工程，谷文昌任建堤领导小组组长，他带领的以东山民工为主的筑堤大军开进工地，移山填海，一炮炸出了13万方石头。民工们用钢杆、铁锤、竹竿、麻绳、铁丝、独轮车，

2008 年与作者张红大姐在福州鼓山

硬是用一年多的时间，在海峡间架起全长 620 米的海堤。汗水挥洒，工地上车来车往，摩肩接踵，劳动号子冲天，1973 年，在坚固的八尺门海堤上又筑起东渠，大陆的淡水被引到东山，直至东山建起新的跨海大桥。

《谷文昌的故事》，以细腻的笔触、丰富的细节刻画人物的性格，展示一个共产党干部的无私奉献、爱民如子、敢于担当、严于律己、率先垂范的博大情怀和高贵品质。从日常生活的细节，各种人物的性格、故事、心理展开叙事，为读者展现了典型人物真实可信的动人一面。

当年，舍家为国，报名南下，最揪心的是告别亲娘。1949 年初，中共中央选调南下干部指标下达后，“打过长江去，解放全中国”激昂的口号撞击着谷文昌的心扉，他热血沸腾：时刻听从党召唤！但 33 岁的谷文昌面临两难选择：选择尽忠，就尽不了孝。饱尝苦难的老母亲已经年逾六旬，缠着足，南下这一走，就不能尽孝了。

就要离开亲娘了，临行前，谷文昌取出倚在门后的锄头，卸下锄板打进背包，说，“娘，这把好使，咱走到哪里都要劳动。”

母亲抹着眼角的老泪，拐着裹紧的小脚，一小步一小步将儿子送到上山的路口。儿子谷文昌背着背包，咬紧牙关，迈开脚板向前走，流着泪的脸却一直不敢往回望一望。

莫道谷文昌不爱亲娘。南下之后，每一次返乡，谷文昌天天晚上打来一盆热水为母亲洗脚。那双缠裹而伤残的小脚，是母亲苦难一生的象征。蹲在白发亲娘跟前，谷文昌将一片孝心融入轻轻揉抚、细细擦洗的动作之中，让人不禁为之动容。

大业初创，谷文昌节衣缩食，一件衣服穿了十几年，被身边工作人员传为佳话。这是一件当年南下发的黄布军装，穿了补、补了穿，上衣的领子、肩头、袖口、裤子的臀部、膝盖都贴着补丁，身边的小年轻跟谷书记开玩笑说：“您这身衣服该进历史博物馆啦!”谷文昌笑着接过话茬：“那可不行，这身衣服跟了我十几年，为我遮风挡雨，立了很大功劳，怎么能说扔就扔呢?”

1961 年，妻子谷英萍要回林县探亲，特地买了一件带花格的新衣服。谷文昌劝她，现在群众生活那么困难，你穿着新衣服回去恐怕不合适。妻子听懂了丈夫的话意，把衣服退了。

三年困难时期，一听说国家有困难，谷文昌把全家一年的布票全上交了。他总是教育家人：“出了门，人家是看你工作，不是看你衣服的……”

简朴的家居，补丁的衣服，是谷家的生活常态。改革开放的春风吹拂，人民的生活水平提高了，谷家也添置了沙发。沙发就摆在谷文昌的遗像下边，心疼老谷一辈子都没坐过沙发的妻子望着丈夫的遗像潸然泪下。她对儿女们说，“你们不要坐，让你们爸爸先坐一会再坐。”于是，孩子们向谷文昌的遗像敬了一炷香，喊：“爸，来坐沙发吧!”

《谷文昌的故事》共68篇，从谷文昌出生写起，到逝世后结束，贯穿他一生中每一个重要的历史阶段。作者张红对每个故事的缘起、演绎乃至人物的语言、行为，事件的时间、地点、依据都尽可能挖掘到第一手资料。作者用4个多月的时间，固守在电脑前，埋身在资料堆，徜徉在时光的河流中。100年来发生在谷文昌身上的往事，历历在目，她写“热血在心中沸腾，十指在键盘上跳动……”让人仿佛看到活脱脱的谷文昌走来……

1981年1月29日晚上9点多钟，海峡对岸，东山岛141公里的海岸线上，参天的木麻黄在电闪雷鸣中战栗，风雨中，一颗忧国忧民的心脏停止了跳动，谷文昌，走完了他66年的人生历程。

在生命最后的日子里，老谷魂牵梦绕的是和他命运紧紧相连的东山。

“我真喜欢那个地方，我真想再看那个地方——老家回不去了，东山就是我的家。我想到那里活几天，就死在那里，埋在那里。或者，骨灰撒在东山的海里。”一辈子从未向组织提出过要求的谷文昌，临终前表达了自己的由衷心声。

如今，在福建的东山，到处都有木麻黄挺拔伟岸的身姿。谷文昌，一个与木麻黄结缘的人，用他的坚定不移，用他的坚韧不拔，使昔日狂沙弥漫的不毛之地，成为幸福之地。

东山岛赤山林场，谷文昌的陵园右侧，一棵参天木麻黄，英姿挺拔，静静地陪着它的主人。

听涛山上谒从文

枕江而眠，听涛起涛落。听涛山，好诗意的名字。

走进沱江，品味凤凰。随旅游团队参加“规定动作”活动后，几个朋友相约到沈从文墓地拜谒大师。

大师之墓位于沱江边的听涛山。人力车夫小跑着穿街走巷，将我们拉过泥土路、石板路。一路上坎坎坷坷，坑坑洼洼，沿沱江走，小路羊肠般狭窄，冰石般硬。青石与青石之间的缝隙有时能埋住半边胶质轮胎，稍有不慎就似觉已滑到江缘，我们在险象环生中忐忑，车夫却胸有成竹，不慌不忙为我们介绍到何处去购土特产。听涛山下，树木繁茂，沱江岸边，芳草萋萋。沈从文的墓地简简约约，望江而眠。画家黄永玉先生在墓边的题词仿佛是相伴的絮语：“一个士兵要不战死沙场便是回到故乡。”沈老墓前，盛开着簇簇南竹，在黄昏的晚霞映照下葱茏青翠。椿树以长年深绿逼人的颜色蔓延，构成随处可见的巨大画幅。江风浅吟，秋风轻拂，如同慈祥的沈老与我们亲切倾谈。献上黄菊朵朵，也敬上千里迢迢而来的晚辈心香瓣瓣。

墓地是一小块狭长的平地，没有坟冢，却在埋骨灰的小丘对面竖一块五彩巨石。上面镌刻着“照我思索，能理解我；照我思索，可认识人”字样。巨石背面是沈老的妻妹张充和撰写的一副对联："不折不从，亦慈亦让；星斗其文，赤子其人。"联尾四字是"从文让人"。放眼远眺，碧蓝碧蓝的沱江波光滟滟，婉转的江水千百年流淌，流淌出人文的千古绝唱，让人在这被时间洗刷过的印迹中心情明澈，浮想联翩……

水上竹棚，湘妹子与游客对歌的旋律依稀可闻。灰砖瓦楼，沿江溯流将富有独特风味的吊脚楼细细品味。凤凰古镇，曾经的文化，曾经的古玩，被商品大潮掀开新一页。四周，公路通达，足迹纷纷。观光者众，怀古者稀。唯有江边静默的听涛山，仿佛还原大师的风范。枕江而眠，深情凝望，沈老生前感慨犹在水边响起："我感情流动而不凝固，一派清波给予我的影响实在不少。"正因为水，给他想象力和思索方式，给他执着坚韧的性格，激发他对人世怀抱虔诚的爱与愿望，从而使他能"以清丽的眼，对一切人生景物凝眸，不为爱欲所眩目，不为污秽所恶心，同时，也不为尘俗卑琐的一片生活厌烦而有所逃遁。永远是那么看，那么透明地看。细小处，幽僻处，在诗人眼中，皆闪耀一种光明"。

周立军，这位在沱江边干了几十年的船工，当年为回乡的大师撑过船，合过影。如今，他将这段历史凝固在名片，成了他对游人的骄傲谈资。言谈间，毫不掩饰作为家乡人的自豪感：当年，老先生沿江边走，沿江边看。他喜欢山，更喜欢江边这块青山绿水的地方……

是啊，在生时，水给了沈从文无穷想象力和自己独特的思索方式。百年后，清澈的沱江水依然陪伴着他。湘西凤凰、边城翠翠、无从驯服的斑马……这片神奇的土地孕育出一代文豪，也使后人踏歌而来，寻翠而来。古城人来人往，摩肩接踵，让沈老有点不习惯，不入流。于是，他还是回到自己的水边，享受挣脱羁绊后的轻快欢畅。"这一片水土上的光辉，在爷爷生命中终生不灭。即使走向单独、孤寂和死亡，他也没有消退过自己的倾心。”孙女沈红在《湿湿的怀念》中道出了爷爷的心声。

哦，听涛山畔，沱江赋予四季不同的音调和旋律般水流声，让沈老与乡人共同倾听这永恒的自然乐章。

悦耳茶杯声

每每夜静更阑，或午睡正酣，偶尔有茶杯声入耳。那声音节奏铿锵，音色清脆，特别是洗工夫茶茶杯时轻轻撞击发出的“嘀铃铃”声，别样的温馨，让人醒后又带着浅浅的惬意入梦。

茶杯声的悦耳源于工夫茶的程序。这时，你即使不便参与，不身居其中，也不难想象泡茶人动作的熟练，品茶者的轻松从容和气氛的和谐。几年前家住梅园时还是第一批“三三四”福利房，空间窄，一层三户，几乎门挨门，邻里之间抬头不见低头见，进了客厅或房门，也能听见邻居家的电视声。夜静或午间，工作繁忙的我们把家务收拾得差不多，小憩片刻，已听到隔壁的喝茶声。那声音心平气和，谈些家长里短，伴随着此起彼伏的“嘀铃铃”声，不但不觉吵，反而催眠。

工夫茶在潮汕源远流长，高冲低洒，关公巡城……数道程序显然为融洽的交谈营造了特别的氛围。潮汕人热情好客，人来客往，定要好茶热水招待。家有茗茶，还要招来亲朋好友品一品，以茶会友，显示杯茶中的礼仪。而雨后春笋般涌现的茶楼茶屋，又可窥见潮汕人爱茶之一斑。

喝茶，能化干戈为玉帛。下基层采风，村居社委总有一摊工夫茶。有时开玩笑说，工夫茶放在办公地方会不会影响效能？村干部笑曰："基层不是机关，再说，与农民兄弟谈话不能一味公事公办，譬如，他要求的事无法立即解决，一杯茶或许能让他消消火气、怨气甚至怒气，让他在喝茶与交谈中理解你的难处，理解事情的解决总得有个进程。"这话，让人真真切切感受到不违背原则的那一杯茶中的和平。

在外漂流，回家是一种奢望。每逢过节，工夫茶让人寻到的感觉。那一道道工序的反复，以及工序轻轻碰撞的茶杯声，仿佛将回家的距离缩短。碰上一同喝茶的外乡人，会情不自禁地讲述工夫茶的缘由、习俗，而若是同乡人，则在不言中尽享家乡深情回忆的韵味。当你感到累了倦了，悦耳茶杯声仿佛使你寻到林荫下的心泉，仿佛可以释放莫名的郁闷，享受本属于自己的那份纯净和清闲。

城市夜空，坐在幽静的茶室，听朋友或被访者慢慢聊经历，则领受到一份真切而柔软的感动。

时常听人讲文学有地域性，讲人与人之间的性格差异。讲文如其人，字如其人；讲酒品见人品。而茶杯声的悦耳，却使我想象绵长。正是潮汕的四季如春使文学成为婉约派，正是茶杯声的悦耳使潮汕人性格细腻亲和。而京城的大碗茶熏陶出来的北京人，绝对又是"出水才见两腿泥""为朋友两肋插刀"的强悍派，不偏不倚印证了"一方水土养一方人"的内涵。

无论南方北方，茶杯声一样悦耳。龙应台的《幸福就是……》中说："幸福就是，寻常的人儿依旧。在晚餐的灯光下，一样的人坐在一样的位子上，讲一样的话题。年少的仍旧叽叽喳喳谈自己……"我想，只要有意境，只要是和谐，谁又会说茶杯声不悦耳呢？

余震感受

三十年前，获悉唐山大地震时，我在海丰县可塘青年农场。作为播音员的我，转播中央人民广播电台新闻节目，播音员沉痛的声音，通过挂在电线杆上的喇叭，在知青中传播。

三十年后，唐山大地震祭，电视荧屏滚动播出，纸质媒体深度回望，这场曾经的大灾难，用万钧之力将人的心灵击碎，再一次让我感觉余震，思绪穿越岁月时空……

那场灾难，在唐山抗震纪念碑碑文上有如此描述："唐山乃冀东一工业重镇，不幸于一九七六年七月二十八日凌晨三时四十二分发生强烈地震。是时，人正酣睡，万籁俱寂。突然，地光闪射，地声轰鸣，房倒屋塌，地裂山崩。数秒之内百年城市建设夷为墟土，二十四万城乡居民毁于瓦砾，十六万多人顿为伤残，七千多家庭断门绝烟。"

唐山不幸，它承受了人类历史上少有的巨大自然灾害。许多真实详情是三十年后经过媒体披露才得以知晓。而那时候，我们不知地震究竟为何物，只是在道听途说中想象地震前天边蓦然亮起一道暗黄地光，如黝黑的夜空裂开一条陷线，让千千万万生灵在毫无准备的酣睡中跌入死神之门，跌进阴间，这让我们体会到灾难对人类的残酷无情。但那时毕竟青春年少，震惊过后似乎有少年不识愁的滋味。只是听到张三李四路过唐山所遭遇的一切，就把它当故事来读。

陈叔叔，我父亲的一个朋友，当年供职于茶叶土产进出口公司，出差占去了他工作的大部分时光。那一趟唐山公差，地震前夕的夜晚，他乘坐的列车渐渐驶离那片即将迸发灾难的土地，不知不觉与死神擦肩而过。听到地震消息，开始他只是感到庆幸，后来，耳闻目睹城市瞬间夷为平地，铁轨在扭曲中畸形裂开，他瞠目结舌，那表情绝不仅是逃过一劫的侥幸心理……

三十年后的今天，我与朋友谈起唐山地震。她特别提到她舅舅一家的传奇经历。当年，有孕在身的舅妈因为舅舅出差没人照顾，暂离唐山，家人包括未出世的表兄由此与灾难擦肩而过。说着说着，我俩竟异口同声说："真是大难不死，必有后福！"

那年月，没有电视，报纸在农村也不普及。对外界的新闻人们主要靠喇叭里的声音略知一二。唐山地震后，广东一带不断有关于地震的预报。防御过程，才真正让人读懂什么叫草木皆兵。在家乡，亲人打来电话，说许多人汇聚到人民广场，怕一旦地震高楼倒塌；在农场，知青们将铺盖卷到大操场。天，异常地闷热，夜，出奇地寂静。大伙三三两两围坐着，心悬着，挂念着自己的生命是否安全，也惦记着几百里外亲人的安危。多年之后，才更深刻领会到，其实，亲情、爱情，家庭、邻里，是人类社会最基本的元素，珍惜生命，是基本的人生观。

夜的到来，使白天的快意变为心慌。我们几个要好的农友开始暗暗寻找路径，沿水利沟渠溯源是大嶂山，山后是公平水库，我们以为能逃出去就安全。如今细想，觉得真傻。倘若当时地震，水库崩塌，淹没在泽国中又能跑到哪去？如果水库完好，在飞机场空旷草坪建起来的农舍，应该是最安全地带。一个夜晚，小卖部进了好几大车货，知青每人分得一斤饼干，以防万一遇到什么不测能当干粮吃。在操场露天夜宿，饼干就放在枕边。一夜、两夜，渐渐地对地震的预告感到有点烦。左等右等就是不见踪影，干脆把饼干一点点“消灭”。奇怪，饼干吃完，见周围的农友也不约而同啃饼干，好奇心又来了，一问，才知道她们一直在“盯”着我们，以为场部的人消息灵通，大概没“战事”才敢啃“军粮”。

当然，回望地震并非仅仅借此怀旧。

钱钢，有诗人的气质、军人的豪气。2004 年，我在汕大新闻学院一次听课中见到了他。《唐山大地震》让我记住了钱钢，更记住了当年奋勇飞车的李玉林师傅，记住了在废墟上互相支撑、坚强成长的“张家五兄弟”，记住了高位截肢仍热爱阳光、露珠和生命的弱小的姚翠芹。钱钢说：“这是生命的传奇。人们从未如那一刻般强烈感受活着的珍贵。”

三十年后，新一代对唐山大地震只是泛泛了解或已然陌生甚至遗忘，钱钢那已是大学生的儿子走进唐山，为的是寻找当年灾难中“人”“生命”“爱”的内涵，寻找曾被认为“过气”却散发出阵阵新草清香的友爱故事，寻找属于他们这一代人的精神信仰。

央视新闻调查记者柴静深深体会到，挖掘“旧闻”记忆也许就是重建“自己”。因为这个历史事件隐含的是，我们想从历史中发现一种价值观念，我们究竟有没有对我国国土上的一个个具体生命给予足够的珍视，有没有这样一个价值体系。

牢牢记住昨日，是为了增加明天人类更多的福祉。

生命至上彰显人性光辉

国旗低垂，汽笛长鸣。草木失色，苍天垂泪。

举国哀悼，为戛然而止的生命。

13 亿同胞，为大地震中无可挽回、渐行渐远的人们送行。

这是对逝者的最高礼仪。从国家领导人到普通大众，这一刻，同泣同悲。首次为民众举行国丧，我们向全世界呈现了对生命的关爱，对民众的重视。

作为媒体人，2008 年 5 月 12 日，刚好在岗值夜班。当天下午，新华社等权威媒体的信息便开始接踵而至……连日来，我们为出报而操劳，与国人同悲泣。我们，在无数次的稿件阅读中泪眼模糊，在无数次的版面编排中感到心灵震撼。因为这些都见证了中华民族在经历汶川大地震时关注生命及人性彰显的光辉。

2008 年 5 月 12 日下午 2 时 28 分，四川汶川，山河崩裂，地动山摇。里氏 8.0 级特大地震，顷刻间美丽的小城变成了废墟，层层叠叠的瓦片钢筋埋压着无数生灵……一瞬间，曾经鲜活灿烂的生命，来不及给亲人留下只言片语，就猝然离开了他们无限热爱的世界。

生命之痛，坍塌的墙垣夺走鲜活的生命，哀恸的母亲再也见不到女儿清纯之眸；

生命之痛，泥沙俱下埋没了双亲，嗷嗷待哺的婴儿在襁褓中阵阵呼号；

生命之痛，震灾摧残了回荡着琅琅书声的教室，痛失爱子的父亲，无法遏制情绪失声痛哭；

灾难袭来，华夏同悲。汶川伤，国之殇。

血脉相连，守望相助。风雨同舟，是我们共同的情怀。

生命对于每一个人来说，都值得珍惜。灾情发生后，总理两小时后抵达灾区；总书记在重灾区安抚受灾群众，“只要有一线希望，就要用百倍的努力。”对于弥足珍贵的生命，不抛弃，不放弃。近民之心，亲民之意，第一时间出现的身影诠释了民重如山的执政理念。

因为对生命的尊重，在一座座死寂的城市中 10 万大军日夜兼程开展搜救。

因为对生命的尊重，既是女儿又是母亲的民警蒋敏，在失去 4 位亲人的悲恸中依然参与救助工作。

因为对生命的尊重，谭千秋用自己的双臂死死呵护自己的学生，“摘下我的翅膀，送给你飞翔”感动了无数中国人。

因为对生命的尊重，新闻记者赶赴前线，第一现场记录报道历史真相。

因为对生命的尊重，灾区帐篷小学里孩子的第一课，关注的是地震冲击心灵的余波。

珍视生命，中国赢得了全世界的敬意。

生命之光，让我们见证了如此多的人在黑暗中将生命阐释得如此辉煌。

当生命邂逅死亡，顿感生命之脆弱。大地无情，人间有爱。十指连心，华夏尽力。众志成城，用手托起疲惫的生命，抹去忧伤的眼泪，发起与死神赛跑的总攻。

生命之光，使重压之下的花朵依旧坦然微笑。

生命之光，使红领巾在担架上的队礼如战士一样庄严。

生命之光，使洞穿残垣断壁的爱只为握住石缝里那孱弱的手。

生命之光，经过178小时分分秒秒绝望煎熬的马元江创造了生命的奇迹。

…………

生命至上彰显人性光辉。

尊重生命，需要全力抢救，倾心关怀，无私帮助幸存者；尊重生命，也要给那些不幸遇难的人以最后的尊严。

国旗彰显生命的尊严，给死者最高的尊重，给生者最大的安慰。全国同此心，共此情。风雨同舟，共克时艰。

祈愿死者安详。

祈愿生者前行。

风雨中，我们系上黄丝带表达对死难者的哀思；

风雨中，我们用双手呵护蜡烛，为生命祈福。

举国悲痛，以国家的意志和最高仪式来抒怀表达，是中华民族文明路上的鲜明印记，生命至上，彰显最为可贵的人性之光。

瓶子·绿树

雨水在周末翩然而至，雨中漫步，草坪嫩绿，雨珠晶莹，几棵大树散淡地呈几何图形站着，宁静中玉立亭亭。凝眸细看，几许渐变的黄叶让人读出悄然泛来的秋意。

曾经的绿，是青春的标志。渐变的黄，似乎是生命变数的隐喻。树如语，叶如诉，每棵树都应潜藏着自己的故事。这故事的讲解与诠释，是否与生命有关？

雨中草坪偶见一两个瓶子，呵，生命就像易碎的瓶子。平常走在生活的轨道，走进拥挤的人流，人们高举它，呵护它。丽日蓝天、风和日丽时，瓶子就相安无事。而一不留神，被来回无定的变数轻轻碰撞，有惊无险或出乎意料，便是顷刻之间的事。于是，你想象的思绪飘进病房：看白色窗帘的冷漠傲视；听无影灯下医生护士来回传递手术器械的“叮当”声；感受殷红鲜血汩汩流出躯体将蓝白相间的病服慢慢浸湿；被推出手术室迷迷糊糊视线中将亲朋好友的焦虑眼光收藏；看护士手举得高高的细心呵护打点滴的瓶子……这时你深切感受到：生命就如易碎的瓶子。

走出雪白，走向自然，走进人群。草坪的绿，渐黄的树，是大自然在眼前最生动的描绘，最亲切的馈赠。

欣赏彩图，接受馈赠。在慢慢的阅读中你感到每片绿的珍贵，每棵树的生动。那点线面的自然组合，那草坪中站直的茂树，更是生命的王子。或绿或黄的簇簇树叶，灿然于或雨幕或晴朗的背景，自有淡定的气韵。而绕绿而过的河道流水有声，声声入耳。

琐碎的日子流水无痕，夹杂着落英缤纷。遥想生活时，它是美的形态，投身其中，才感锐利锋芒。逃离是一种懦弱，面对应取的题中之义，就像那棵树，独自站立，自有挺拔的出彩。它吮大地之精华，吸日月之元气，长成笔直躯干，把悦目的绿撑成绿荫片片，此时，泛出的生命之绿醉人无限，你又感到它与易碎的瓶子无关。

于是，在这样的熏陶中，你是否还会在心中空出一个位置，不饰奢华，供思想安稳落座。在如梦如幻的光斑中，在似有似无的流水中，叹口气，把淡淡的忧郁随雨后初晴云开雾散，在未来的岁月中，任凭风就吹着，雨就下着。

车站思绪

拉起旅行皮箱，走进火车站，每一次的出发，每一次的归途，总有轻轻淡淡的思绪。

那南来北往的人群，汇成行，织成片，密密麻麻，在车站的地盘晃动。进进出出的人流，随电梯上上下下，潮涨潮落般往复不断。

当你穿过摩肩接踵的人流，在电梯和楼梯回环往复几个来回后，气喘吁吁来到站台，站立于凛冽寒风中，眼睛沿铁轨向前无限延伸。火车呼啸声由远及近，那时，你心里是否会惦记着要去的这一站，揣测想象的地方与现实的距离究竟有多远？

火车“咣当”着快快慢慢的节奏一路向前，收拾完因挤车、因堆放行李的杂乱心情，这时，你开始享受坐定后车厢里传来的愉悦音乐。在这特定空间，本不相识的人皆因票号挨近而相邻并坐、对视而坐，且一坐就是几个小时，甚至一整天。其间，或许你们能像朋友般谈开，或许谈不拢或许不想谈，而不想谈之时正是思绪纷飞的好时光。

漫长的旅程，你怀想着春天的点点滴滴，怀想着渐渐走远的往事。于是，堆积于你心中的一个个故事，你的欢笑你的惆怅你的失落你的悲哀你的欣慰连同日常平平淡淡似不值一提的记忆碎片，此时会冷不丁“蹦”出来，足以陪伴你独坐的时光。

偶尔向车窗外望，思绪随凝眸飞向田野、飞向平畴、飞向山川，寻觅的眼光似乎在搜寻着，搜寻着人生的追求与向往，寻觅着生活的真谛与哲理，捕捉着身边的感想与感动……思绪在此时亦真亦幻。

一阵灿烂的笑声无意间撞碎了思绪的连贯，看年轻人那轻松的笑靥，你触摸到他们可能对你正怀着同样的不屑，你不经意地会心一笑，更明白了自己正在与什么样的年华越走越远。犹如手掌无意的伸缩，时光就在指缝中丝丝缕缕渗漏，悄悄流逝不再回返。

人在车厢，你感觉着别人时，或许别人也正感觉着你。车厢此时已成舞台，善良、丑恶、高尚、卑琐，都有可能以它某个活生生的片断上演着，诠释着。不过，世界在每个人眼中又是千差万别的。你是什么样的人，看到的就是什么样的世界。

车站，是人心境的见证。当你匆匆的步履往那里赶，为的是家中的喜讯、亲情的赴约，心境明朗，此时恨时光迟缓；而当你沉重的步履移进车站，缘于亲朋好友遭遇不测，忧心忡忡，此时，目的地未到已止不住泪水涟涟；而当你兴奋的步伐跨进车站，只因到异域观光走访，心中则充溢着好奇和向往。走过车站，因心境差异而内涵不同，但无论何种心情，班次的时刻和目的地到达是否顺畅，是关注的同一对象。车站则如同宽怀的老者，看你如过客般走动，看你脸部表情的变幻，并将你不同的心境静静收藏。

走出车站，总会不由自主驻足。用手挡一挡太阳光斑，细看门外生疏的景象。你站在原地，回眸片刻，看刚刚还面对而坐的近邻乘客，带着或善意或漠然的表情汇入人流，你想，你和他们都如同被车站的玻璃门隔开，看似很近，却又不可能把心相连。

拉起旅行皮箱，抬起头，似乎与一段经历挥手告别。离开以后却总会在心里数次默念那个黄昏或清晨异地的车站。那留在心中的印记，或深或浅，但只要是亲身经历的，就不会轻易随岁月走远。

冬树，北方别样风韵

北方冬天的树，有着别样的风韵。

火车“咣当，咣当”地向前奔驰，白杨树如站岗的哨兵般向后方掠过，掠过漫无边际的旷野平畴，掠过宛若生命脐带的山道。它拉长了无限质朴的身影，将岁月的馨香无限绵延开去。

北方的树，我凝望，我出神。

那缓缓而过的青苍，那幕布般幻化的云卷云舒，仿佛成了北方之树的背景。寒冬腊月，仍以洁白身躯站立的白杨褪尽了枝丫上的翠绿色诱惑，失去了春天最湿润的部分，却凸现了洗尽尘世浮华的永恒和执着，成了迢迢而来的南方过客不能忘怀的风韵。

在沈阳北陵公园，积冰使湖面成了一片雪白的空旷。身着鲜艳滑雪服的零星身影在游动，足过之处呈现朔风痕迹。这是大自然赐予的美丽神奇：湖上晶莹透亮，像一面干净的镜子，折射着阳光下变幻出的谜之白色，使人仿佛听到大地在微微喘息，仿佛听到压抑了整整一个冬季之后将要抒发的春之信息。此时，沿湖滨长廊走走，看清高的垂柳在洁白如玉的冰面映衬下，呈现出迷人的骄姿。看身边的树木与自己挨得那么近，感到浸润着莫名的温馨正轻轻拂开积郁多天的愁怀，久违的清新气息使心灵泛出未曾有过的舒畅。

感受北方冬树的冰冷和清新（2001 年冬天在沈阳的公园）

要说北方冬天的树，据悉魅力的精华应算吉林雾凇。今年开春前后，新华社记者拍摄的照片题材中，有好几张是雾凇，给人一种看电视片的感觉。那雾凇呈现在南方人眼前，简直就是千树万树梨花开的生动诠释。吉林，有长年不封冻的松花江穿越而过，低温、大风，加上松花江水滚滚蒸腾的雾气，大自然的鬼斧神工赋予了植物独特的魅力。雾一凝固，松树、柳树、槐树纷纷绽放出各式银白色花朵，洁如雪，晶如玉，如朵朵白云，排排雪浪。而雾凇形成时，天空特别晴朗，当东方朝霞从云层冉冉移动时，雾凇有如身披白纱的少女轻轻走来……可惜的是，我们错过了看雾凇的最佳时期。节后二月份，温度达零下三四摄氏度，天气预报下小雪的喜讯也老在耳边回响，但在长春，眼睁睁凝望天空，苦苦等待，可就是无缘与雪相遇，更不要说有碰到雾凇的幸运了。

于是，在长春，没有雪的城市天空灰冷，而枝丫抽得丝丝入扣的白杨树依然是城市干道的“主角”。眼帘晃过的不乏简易的平房，有提着菜篮的北方老太太，这一次我看到的是一幅东北城市冬日里的风俗画面。

冬天里的树，是北方城市的标本。如果要问还有哪种树尚能保留完整的姿势，恐怕要算松柏了，经霜耐寒的属性注定了它在众多树木中的霸主地位。

走过哈尔滨的黑土地，桦树林自然又成了吸引我视线的景物。与霸气的松柏相间而站，桦树有一种挺拔的秀气和孤傲。或近或远的平川、村落、桦树，在广袤大地自由自在排列组合着几何图形。在淡蓝淡蓝的苍穹下，桦树的纯白显得那么轻柔，那么恰到好处，名副其实地拼贴成北方一幅独特风景。

回到南方，当触目皆是的树木在阳光下晃动着醉人的绿色，凝望着这富于层次、色泽万千的郁郁苍苍，我在为它丰厚而浓郁的深深积蕴而感到赏心悦目时，不由又想起冰湖反衬下那北方的冬树。一方水土养一方植物，我想，是北方那干冷的气候逼得树木在冬日里坚守着自己独特的活法，也坚守成别样的风韵。

这是一种南方可望而不可即的风韵。

电影情结

电影就像一张厚厚的帷幕，无论岁月粗糙的手怎么摩挲，都柔韧无比，不改艳丽；热爱电影，心灵撒上梦想的种子，纵是风雨沧桑，也依然不改初衷，这就是电影情结。

曾几何时，看电影使很多人的生活快乐无比。20 世纪 70 年代，作为下乡知青，与农友结伴，借皎洁月光夜行，横跨田埂，小跑村道，为的是看一看《我们村里的年轻人》，“摸摸”《闪闪的红星》，那份精神的满足支撑着夜半时分回农场的疲惫。也曾追着放映队，站在邻村堤坝上连看豫剧电影《朝阳沟》，现代京剧《沙家浜》，看着嚷着，吆喝声此起彼伏，兴之所至还情不自禁为之配音。记得最不能容忍的是，当大家正沉浸在情节的感动时，光影戛然而止，只有当放映员手忙脚乱满头大汗修好卡壳的放映机时，操场才又重响“乌拉”的呼声……

那时，文化活动偏少，观众巨多，人们的渴求如汹涌潮水，出口处却只有狭窄的河流，于是，电影成了普通大众文化渴求的一大资源。

看电影，如饮水解渴，似过节般得到文化的滋养和熏陶。《创业》中周挺杉以铁人王进喜为原型，面对石油的短缺，怀着满腔热忱，到戈壁滩上寻找石油，直到生命的最后一刻。“石油工人一声吼，地球也要抖三抖”，电影歌词时隔多年至今仍耳熟能详。那时，《创业》公映，自己正面临高中毕业，何去何从，心中茫然。此时，一位亲戚从部队寄来一封信，特别推崇片中的台词，“一个国家要有骨气，一个军队要有士气，一个人要有志气”，鼓励年轻人应志在四方。或许看一部《创业》不足使自己在人生的转折点上做出选择，但铁人那种艰苦奋斗的大无畏气概，多少增强了我大步走向农村的信心和勇气，这也是那个时代青年人的一种炽热情怀。那年代，虽说是八个样板戏唱主角，但艺术的根芽仍悄悄滋长。一些影片，因为电影人的坚持而拍得精致，新鲜的写实风格看得人心潮澎湃，可以说，《创业》影响了整整一代人。

改革开放，中国迎来了波澜壮阔的伟大时代，文艺舞台百花盛开，姹紫嫣红。伴随着社会生活的云蒸霞蔚，电影云卷云舒，气象万千。新作之多，观众之多，超出想象。特别是第五代导演的横空出世，给国人带来了视觉冲击。从张艺谋的《大红灯笼高高挂》，到陈凯歌的《霸王别姬》、贾樟柯的《三峡好人》，“金棕榈奖”“金熊奖”等国际电影的奖牌对于中国电影人来说不再是可望而不可即的“高山之花”，冲刺奥斯卡也好，蜂拥贺岁档也罢，档期翻新不断，带给观众的是目不暇接的艺术欣赏。

随着中国社会发展的突飞猛进，外来文化的进入和文化选择的日益多元，一度导致观众群体迅速分化，电影与观众从相互依偎走向若即若离，并逐渐由大众艺术变成小众艺术。于是，电影从银幕频频拉开渐渐滑向边缘一隅。

但电影一直奋力前行。在社会变革走向社会转型之际，《集结号》《梅兰芳》《手机》《非诚勿扰》等回归生活本体又求新求变的新鲜水滴，融进时代，顺应了观众的审美需求，也赢得了无数观众的青睐。

2007 年，我见证了北京电影学院艺考的场面，这个承载着无数年轻人梦开始的地方，人山人海，挤满了向往电影的新一代。往日只能在银幕上仰慕的明星此时常常与自己擦肩而过，一种新鲜的感觉油然而生：从没觉得电影离我如此之近。

时光飞逝，新中国电影也走过了60多年，而电影也成了生活中不可或缺的一部分，她让你真切感受到什么叫电影情结。

心灵诚挚的悸动
——《砚峰山人画集》读后感

读《砚峰山人画集》，使我想起了海德格尔。弗莱堡大学任讲师的海德格尔，在托特瑙山上修建了一间简陋的小木屋。每有空暇，他就到属于自己的心灵天地，吮吸乡野清新自由的空气，许多著作就是在小木屋中思考并完成的。

砚峰山人李闻海，或许他对海德格尔不一定熟悉，但，当我细读他的画作时，觉得他俩在精神追求上有某种相似之处。

从绚烂的仕途转任正大副总裁后，砚峰山人一有闲暇，便不忘远离喧哗的都市，去寻找他思考人生的踱步草坪，寻觅他漂泊灵魂的自我升华。

于是，他把自己进北大校园所学、把生命体验所思，化为笔下涂鸦，以不同的韵味和情感，表达内心深处的哲理思考。于是，画画便成了山人创作的舞台，人生的历练便成了心灵诚挚的悸动。

近五十件画作，集中体现了山人的机智、幽默、揶揄和别具慧眼，尤可见他对生活敏感的析释和心路的内省历程：

《自画像》，将自己的生肖公鸡“引吭”啼叫状态描绘得惟妙惟肖，题款将天生劳碌命、鹤立鸡群、一事无成等字眼串缀起来，与其说是山人复杂的人生感慨，不如看作他内省的心灵谦逊；《嫁鸡随鸡》中，一袭婚纱包裹下的新娘子，在公鸡的牵引中款款移步，双双拜堂。“男怕入错行，女怕嫁错郎，今天只好嫁鸡随鸡了”，几十年风雨同舟，却以“嫁鸡随鸡”的轻松口吻揶揄一番，其幽默谐趣让人会心一笑，夫妻情深可见一斑。

潮谚民俗，是潮汕文化的一大精粹。山人巧妙借此入画，营造意境氛围：“放屎扶东西墙”，多余的小心，意喻那些做事拘束、岌岌惶惶之人；“搬宿鸡母生无卵”，将对心理浮躁、不事专心现象的鄙夷之情，跃然纸上；“鸡嘴圆鸭嘴扁”，互不相让，各执一词，鲜活写照让此类人看了，岂不汗颜？

读万卷书，行万里路，思维的点滴缘于山人的好学。文怀沙、黄苗子、饶宗颐、黄永玉、贾平凹，都是山人虚心求教的老师。诚如他画中一题款：“成功者，善于抓住关键。”抓住了学习的关键，丰富的实践才更有方向。于是，山人奋发于孤灯之下，游弋于时空之外，借笔抒写物象灵性，借物象表达内心感受。“石梯说：你我同一块石头切出来的，你被人拜，我被人踩。石佛说，你只挨了一刀，我是千刀万剐。”（《石头的对话》）；“鱼说，你不知道我在流泪，因为我在水中。”（《鱼与水的对话》）。让对话“侃”出哲理，体现了山人的心灵和眼界。

通过独白，将心灵沉淀的问号打捞起来，与读者一同细细咀嚼：“一个陶罐被我收藏，期间不知历经几多辗转，究竟是我收藏了它，还是它收藏了我？一件物可能是千秋万古的，人的生命只有百十年，在短暂的生命里，和物厮守，究竟意味着什么？陶罐通体浑圆，罩住了蹙眉凝思的头颅，让人不禁随之苦思冥想起来。”（《收藏》）……在《猫鱼图》中，径自轻松嬉游的小鱼，看不见岸上虎视眈眈的猫。而“瞄”紧猎物的猫，尾巴卷成弧状，从构图上强化了形式感，使猫看起来煞是可爱，此时，弱肉强食的市场规则在这里不再重要，因为画家的笔墨艺术地淡化了残酷的话题。

人生的路有太多的风景，山人带着哲理的眼光去从容欣赏，细细品味。他深谙“横看成岭侧成峰”，一个事件，从一个角度上看是峰，换个方向又成了岭的感觉：女人，从亭亭玉立的少女，到成为母亲，孕育孩子，历尽艰辛。《妈妈把青春留给我，把岁月留给自己》中孕妇的“凸”，老妪的“驼”，山人用简单的线条，侧重于两者独特体态的半边勾勒，留下更宽阔的空间让读者想象，这也正是他的妙手之笔。《大而不当，小而有道》中的“哗哗”水流量大，却不一定效果佳。细水长流，积少成多，又何尝不可？

常言道，文如其人，其实，文也如境。境不幽，不静，其他也难免流俗。一个身心不能独处、不能宁静的人，不复与本源为邻。读《砚峰山人画集》，我眼前是一幅画：绿树葱茏，蕉林成片，山人在洒着月光的草坪踱步沉思，在“小木屋”里铺开纸笺，借绘画对客观自然、对社会世俗会心之处表达不吐不快的欲望，这种矍铄的精神生动可感。

有画家说，在今天，人们已普遍接受题材不论大小之别、深刻平常之分的观点，只要作品是出自于一种对心灵的写照，对艺术的追求，不啻是一种诚挚的悸动。

偷得浮生半日闲，与书为友，与墨结伴，让每一次笔墨挥洒去创造心里的图腾，砚峰山人的追求，又何尝不是诚挚的悸动。

往返于田园与都市的幸福旅程

——朱丽湫印象

时装设计与绘画间的游走往返，占据了朱丽湫生活的大部分时间。

著名作家冯骥才说过，“美好的人生是始终坚守着最初的理想”。我想，作为女人，穿行在田园与都市的幸福旅程，应该是朱丽湫一种甜蜜的生活常态。

若干年前，我采访朱丽湫的时候，她已是特区东青服装公司的老总。工作室挂满了时装，色彩缤纷，琳琅满目。生活中偶尔相遇，不是沉浸在刚刚完成一批作品设计的欣慰中，就是正从国际服装节的现场归来。谈到当今时尚符号，平常不苟言笑的她会变得滔滔不绝，了解国际时装业流行色、流行趋势，吸取最新的行业信息，以新理念主导新一期的产品开发路线，是她追寻时尚元素的生活步伐。

我们曾一同到贵州、湖南旅游，一路上走得最慢的朱丽湫，对少数民族服装特别痴迷，哪怕是一个少数民族女子的银饰，她都要用相机从各个角度仔细拍下来，旅游中不忘采风，采集源于自然的设计元素。平常，她更是将速写、绘画的各类草木花卉整理创作成一系列图案，然后，融合潮汕特色传统工艺，创新绣花、抽纱、嵌珠等传统手法，设计出极具个性风格的时装产品。

服装艺术融入市场经济大潮，身为高级服装设计师、省二级工艺美术大师的朱丽湫，学会了敏锐捕捉都市时尚的细微变化，将其流行趋势的点点滴滴艺术地体现在服装产品中，“这叫协调好服装产品的商品属性和时尚艺术属性二者的关系”。

爱美、爱艺术、爱创作，可以说是朱丽湫人生最初的理想。从汕头工艺美术学校的美术绘画专业，到江南大学的服装设计专业，再到汕头大学的美术教育专业，她的期望没有句号，追求没有止境，并为之坚守着，实践着。

如果说，时装设计是朱丽湫生活的时尚符号，那么，她创作的源泉则还在于田园，在于大自然的芬芳。眼前，草木花卉的画作又是她热爱自然的写照，它映出朱丽湫生活的另一个层面。

最能寄情寓意的是大自然的事物。朱丽湫的水彩画题材主要是草木花卉，她把万物意象升华到所创造的花卉意象中，这样画出的花卉，无论是玫瑰还是兰花，牡丹还是芍药，都有它的底蕴。她的画，是象内与意外、写实与写意的有机结合，以写意精神和彰显人文关系为前提，这也正是她作品的魅力所在。

俗话说，文如其人，我看，画也如其人。

朱丽湫绘画语言的运用，一如她的为人，平实、朴素，毫无哗众取宠之意，毫无玩弄笔墨之嫌。展示在读者面前的，是生动、亲切、朴实的作品。

光，能使一切植物变得充满质感，这缘于一切生命都受惠于太阳，紫蓝、金黄、胭脂，在阳光的抚慰下格外娇艳，无数花卉写生中的总汇，粗线昂扬，细线畅流，色块彩点纷飞，春迟春早，竭力表现生命之苏醒。明艳者，有明色与灰色或复色与复色的对照，这或与倾向于大众审美情趣不无关系。

朱丽湫说，水彩画的创作多是利用假日闲暇。

于是，在充满喧嚣的节日期间，她的画室摆满了花卉草木，阳光从窗棂穿透进来，娇媚的花卉在光的照射下通红透明，其美无比。在心静如水的意境中尽情吮吸春天的气息，于是，朱丽湫铺开宣纸，让蘸满色彩的画笔随情感驰骋，随心灵肆意渲染。春之萌动与锐气，夏之蓬勃与躁动，秋之缤纷与短促，冬之萧瑟与寂寥，心本无生因境有，发自心源，悟道生活，注重心灵迹化的浪漫情怀。春天就自然会留在心底，在自然与时尚的幸福旅程中往返，在芬芳人生中不知不觉抵达自我超越的境界。

人民大会堂感受“旗帜”

信仰，是一个政党的旗帜。

90 年前，在中华民族生死存亡的关键时刻，中国共产党诞生了。在这面信仰的旗帜下，它感染、鼓舞、召唤一代又一代人舍命相随、将信念的力量嵌入古老民族的历史命脉，推动中国走向独立，走向富强，走向复兴。

建党九十周年前夕，我们有幸走进北京人民大会堂：在浓浓的艺术氛围中，观看大型文艺晚会《我们的旗帜》，重温中国共产党走过的 90 年辉煌历程。

深沉的历史洪钟缓缓敲响，庄严的《国际歌》飘入耳际。舞台上，一群舞蹈演员举起圣洁之手，祈盼着东方日出。电子屏幕上，一道钢水奔涌向前，浇铸成由镰刀锤头组成的硕大党徽，与巨幅红旗交相辉映，喷射出金灿灿的光芒。序幕《鲜红的党旗》仿佛让我们重返 1921 年，从那个起点开始，翻阅 90 载风雷激荡的红色篇章，捧读中国共产党人以青春热血与生命进行的深情书写。

整台晚会以“人民的心声”“难忘的岁月”“民族的脊梁”“我们的旗帜”四个篇章构筑鲜明的主题，以独特的创意和震撼的效果，奏响一曲气势磅礴的时代壮歌。

“从小爷爷对我说，吃水不忘挖井人，曾经苦难才明白，没有共产党哪有新中国——”清脆稚嫩的童声合唱，从四面八方聚集在一起，渐渐走进观众的心灵。

《唱支山歌给党听》《壮家歌儿献给党》《幸福的花儿》《我们新疆好地方》《赞歌》……在第一篇章“人民的心声”里，各族人民载歌载舞，深情吟唱。时光穿越几十载，曾经在音乐舞蹈史诗《东方红》中“一炮打响”的著名歌唱家才旦卓玛今天唱支山歌给党听，声音依然透亮；而在草原唱响抒情赞歌的胡松华，年逾八旬仍然音域辽阔，声情并茂。一声声深情问候，一首首悦耳歌曲，一段段奔放舞蹈，抒发了各族儿女热爱党、歌颂党的真挚情感。

回首革命战争的严峻考验，配乐朗诵《破晓的曙光》深情沉稳，“同志们，举起手……要唤起四万万同胞站起，用刀斧头砸碎这个旧世界，要把实现共产主义作为终生的誓言”。让人仿佛听到一次次历史的回响，一大建党，八一南昌，井冈烽火，遵义转折……多少悲壮，多少豪迈，多少曲折，多少探索，从这些共产党人开始，从信仰信念开始，我们认清百年中国在跌宕前行的浩荡潮流中荡气回肠的奋斗，惊心动魄的力量。

舞蹈《七律 · 长征》让我们看到在风雪交加的泥泞中艰难前行的红军战士，他们手中的旗帜始终高扬的悲壮情景；在豪迈的《黄河大合唱》中，我们听到汹涌河水击打着岩石，感受抗日军民奋勇向前的热血激情；在原生态的《山丹丹花开红艳艳》中，我们脑海储存的无数热血青年奔赴延安的瞬间重新定格；在《团结就是力量》的歌声中，我们随工农商学手挽手走向胜利的场面而感到热血沸腾……

90 年风雨沧桑，多少风险考验，却终究坚忍不拔奋力前行。第二篇章“难忘的岁月”，用写意手法展现了中国共产党从诞生到壮大的奋斗足迹，展现了中国共产党领导人民推翻“三座大

人民大会堂观看《我们的旗帜》后保存的票

山”，建立新中国的光辉业绩。

《社会主义好》《革命人永远是年轻》《我们走在大路上》……一个个经典场景的再现，演绎了火热的年代，自力更生铺就的一条社会主义建设之路，见证了一个民族的顽强奋进。

我们党的根基在人民，血脉在人民，力量在人民，心中有人民是中国共产党最核心的价值。“老百姓是地，老百姓是天，老百姓是共产党永远的挂念……”著名歌唱家彭丽媛深情唱起《江山》，大屏幕上同步变换着在党的领导下，中华人民共和国国强民富、国际地位不断提升的一幕幕画面。

抗洪抢险、抗击冰雪、抗震救灾……第三篇章“民族的脊梁”，精心撷取一个个历史片断，生动描绘了在社会主义建设各个历史时期，我们党带领人民战胜种种艰难险阻，不断开创事业发展新局面的恢宏画卷。演员们手挽手，肩并肩，叠起一座高塔，鲜艳的党旗经过无数双手向上传递，最后在耸立的塔顶高高飘扬，表达了共产党人和人民群众同呼吸、共命运的坚定信念，把晚会的气氛推向高潮。

晚会第四篇章“我们的旗帜”，以一场特殊的入党宣誓仪式开始。“我志愿加入中国共产党……”鲜艳的党旗下，全国优秀共产党员郭明义带领90名新党员代表庄严宣誓。掷地有声的誓词，表达了新一代中国共产党人的崇高信仰与执着追求。气质凝聚力量，旗帜指引方向，九十载岁月如歌，九十年征帆高悬，指引中华民族走向复兴创造辉煌，书写砥砺奋进的壮丽篇章。

夜空下的古都北京流光溢彩，走出灯火辉煌的人民大会堂，《我们的旗帜》那高昂的旋律仍在心灵久久激荡……

奥涅金，经典歌剧的魅力

喜欢歌剧的人到北京，千万不要错过国家大剧院的排期。

看歌剧《叶甫盖尼·奥涅金》，是在2010年4月。

四月的首都，春花怒放。白玉兰、黄紫荆，绿叶延伸处不时“蹦”出几簇绚烂的花卉，一派人间四月天的欣欣然景象。

夜幕下的国家大剧院，深蓝色天空已趋于宁静。

这是2010年国家大剧院歌剧节的一出重头戏。普希金描绘“俄罗斯社会的百科全书”，柴可夫斯基谱写俄语歌剧的巅峰之作，莫斯科大剧院会团访华倾情演绎。该剧由亚历山大·波利亚尼什科指挥，迪米特里·契尼亚科夫导演。

三层楼的歌剧场灯火辉煌，绛红色背景点缀乳白色灯光，高贵大气，层次分明。帷幕徐徐拉开，华丽富贵的客厅为背景，在椭圆形餐桌团团围坐的贵族们轻举刀叉，细语交谈，视觉化再现了19世纪俄罗斯贵族的生活场景。

“轻狂年少中，有些美好注定错过。蓦然回首时，芬芳依旧情难再续。深情咏叹，你在哪，逝去的时光?”

我认为俄语是世界上最美的语言。坐在池座，近距离感受倾听来自俄罗斯民族的经典歌剧，如同品尝一坛老酒，醇美而浓稠。静静听，细细品，让生活尘嚣中的浮躁净化，让心灵得到小憩。

歌剧是融音乐、戏剧、文学、舞蹈、舞台艺术于一体的综合性艺术，它起源于意大利。歌剧有《图兰朵》《少年维特的烦恼》《魔笛》等，歌剧舞台上既有意大利风格的热情奔放，也有柔美浪漫的法国风格，还有严谨优美的德国风格，多元并存，使歌剧艺术多姿多彩，繁花似锦。

俄罗斯博大精深的文化曾深深影响中国几代人，这是一个对艺术的向往和追求执着得近乎痴迷的民族。听过从俄罗斯旅游回来的人介绍，莫斯科每一场高雅的演出，都会有一群中老年义工，她们气质不凡，举止高雅，细语轻声，纠正一些观众的不文雅行为。虽然在生活中，她们有排队买黑面包的窘迫，这却挡不住她们热爱艺术的奉献步伐。那是俄罗斯历史文化河流中潺潺流淌的传统之美，民族之魂。

莫斯科大剧院以“俄罗斯舞台艺术的博物馆”闻名于世。1881 年，《奥涅金》首演之地正是在此，它堪称最引以为傲的“镇院之宝”。

诗人奥涅金厌倦了 19 世纪俄罗斯的城市生活，与好友连斯基来到乡间散心。在这里，他结识了连斯基的未婚妻奥尔加以及她的姐姐达吉亚娜。天真纯洁的达吉亚娜对奥涅金一见钟情，迷恋不已。当她鼓起勇气写下一封封求爱信后，换来的却是一再的冰冷拒绝。

彷徨苦闷的奥涅金为发泄不满，故意在一次舞会上与奥尔加调情，他的行为激怒了连斯基，激烈争吵中两人进行决斗，枪声响起，连斯基身受致命重伤，奥涅金由此远走他乡……

六年之后，奥涅金重遇已为他人妇的贵妇达吉亚娜，发现自己深深爱上了她，但达吉亚娜拒绝了奥涅金的求爱，一如当年他对自己一般。场景中，所有的倾诉、伤感、拒绝和绝望，都在一个迅速的高潮中结束，像一个干净利落却依然凄美震撼的休止符。

《奥涅金》音乐形象鲜明，旋律优美朴实，诚挚动人。具有俄罗斯抒情浪漫的鲜明特征，尤其以细致刻画人物内心世界见长。其中，连斯基两段著名的咏叹调——《我爱你，奥尔加》《青春啊青春》，表现了他对爱情的热切追求。而表现达吉亚娜情窦初开的那一段咏叹调，则淋漓尽致地体现了作曲家准确把握人物最细致、最隐秘的情感变化的惊人技巧……

这是柴可夫斯基一生谱写的11部歌剧中最为精湛、最具代表性且大获成功的一部作品，它展现出无穷的旋律才华和非凡的音乐造诣。普希金在文学史上最具里程碑意义的同名诗体小说，为歌剧的创作提供了丰厚的艺术土壤，而柴可夫斯基赋予其俄罗斯抒情浪漫曲鲜明特征的优美旋律，使作品展示出诚挚动人的魅力，以精湛的现实主义艺术手法深入细腻地塑造了“这个俄罗斯社会多余者”的形象，描摹了那个时代俄罗斯青年的思索与苦闷，探求与觉醒，不幸与悲哀。

这个诞生仅四年的新版本，最大特点是让全部戏剧冲突都在一个宴会厅发生，相对集中真实的表演方式，被认为是“最贴近柴可夫斯基精神内涵”的版本。封闭的空间内，观众的所有注意力几乎都集中在演员身上，对于一部着重表现内心情感的歌剧，如此的设计也为演员的表演拓宽了空间，使每一个角色的特点自然呈现。

品《奥涅金》，清澈多于柔美，悠扬多于嘹亮，如同雪峰上融化的清泉，潺潺流淌出晶莹的雪色，虹霓般熠彩。它纯净而圣洁，高贵而峻峭，传递给听众一种别样感受，使观众流水般融入歌剧的情节，完成一种心灵的超越。

真正打动人心的力量，是灵魂的东西，是沧桑，是阅历，是对苦难与孤独的独特解读与倾诉。演员用歌声唱响世界文学巨擘普希金的长篇诗体小说，将这部被誉为“俄罗斯社会的百科全书”的文学作品视觉化地展现于舞台之上。

随后好几天，我常常为这样的场景而感动，而雀跃。

这就是经典歌剧的魅力。

北京品话剧

橘黄色的柔和光束打在北京人民艺术剧院的石碑上，怀着向往和期待的心情，我走进这座剧院。从《天下第一楼》《李白》《莲花》到《哗变》，每一次到北京，欣赏话剧表演都是第一道文化大餐。

计划金秋国庆来北京之时，《哗变》的票早些时候就已经在网上订好了。因为误机，下机后径直提着行李飞快打上的士，还好，赶在戏开演前到达。

《哗变》是历经几代“人艺”艺术家演绎的经典。当年，由英若诚先生翻译的这部美国话剧，历演不衰。全场都是清一色男演员，大段大段的台词表演，荷尔蒙满满，听得你热血偾张。舞台干净，节奏明快。一个布景、简单道具，铁打的法庭、流水的证人，原告、被告……在一个个讲述人表情不同的叙述中，让你想象飞翔，回到原现场，铺开了台风到来之前“凯恩号”军舰究竟要往东还是往西的紧张情形……一个个生动的细节，经过演员精湛的台词和肢体语言演绎，让你不知不觉沉浸在一个个角色之中，让你笑后反思，反思人性的善与恶。

对哗变案的开庭审判，首先必须从舰长魁格本人谈起。

魁格少校自接任“凯恩号”扫雷舰舰长之日起，便力图在舰

必看的话剧（北京人民艺术剧院门前）

上树立权威形象，并命令全体官兵必须绝对服从指挥。然而，事实上，魁格的所作所为，像“黄色染料”事件、“淡水”事件、“草莓”事件等，引起了舰上官兵对他的蔑视与反感，这都源于魁格的贪生怕死。特别是在一次执行任务中，“凯恩号”遇上了强台风，紧要关头，魁格却刚愎自用，独断专行，而且表现出反常的恐慌。在这千钧一发之际，副舰长玛瑞克在基弗上尉的鼓动下，代替魁格进行指挥，并幸运躲过了强台风的袭击。事后，魁格向军事法庭诉讼，控告玛瑞克犯有夺权哗变罪。剧一开场，便展开了整个案件在军事法庭上审理的全过程。

冯远征主演舰长魁格，一开始坐在原告席上接受质询的他，轻松自然地向法官叙述了当时的情形，说他是如何如何地坚守岗位。而玛瑞克却突然宣布他不再健康，并解除了他的职务。此刻的魁格，看上去自信而潇洒，精神状态十分正常……冯远征洒脱的表演有很强质感，人设准确，起承转合情绪到位，控场能力强，呈现出一种刚愎自用的冷幽默，博得观众的会心一笑。

《哗变》首演魁格舰长的是著名话剧演员朱旭。老爷子刚刚离世不久，北京人艺就重排《哗变》，应该是为怀念这位著名演员之举。梁秉堃在《文艺报》发表的《怀念朱旭“老爷子”》一文中有这么一个细节：朱旭在美国名剧《哗变》里扮演一个刚愎自用、自以为是、盛气凌人、能言善辩、自尊极强，以至精神失常，语无伦次、口出秽言、语言偏狂的魁格舰长。此人物的塑造难度在于舞台上没有什么行动和行为，事件和情节全部要靠说，演员需一口气“干说”出 1 800 个字的长篇台词，不能慢更不能断。开始，朱旭真的是犯了愁，没了辙。怎么办呢？应邀前来指导的美国导演赫斯顿告诉他：“魁格永远是正确的，永远是理直气壮的人，没有乞求人家理解的时候，说这段台词的态度应该是——难道你连这个都不懂吗？”这就启发了朱旭一步一步接近了人物，最终驾驭了角色。他认真琢磨魁格是一个什么样的人，用出神入化、游刃有余、挥洒自如的表演，使首演获得了很大成功，观众听进去了，并产生了极大的兴趣和联想。赫斯顿导演紧紧地抱住了朱旭说：“谢谢，谢谢！”朱旭却由衷地对赫斯顿说：“应该是我非常感谢你！”然而，谁又知道，朱旭在生活中竟然是一个有口吃的人啊。

艺术是以回味决定输赢的，朱旭老师不仅表演的魁格舰长让人回味，还有《屠夫》《请君入瓮》《咸亨酒店》《蔡文姬》《茶馆》……这些剧中的 47 个角色，都让观众回味无穷。朱旭“千百次探寻，千百次琢磨，才找到自己的创作道路”。这也正是北京人艺魅力之所在。“写意中有写实，写实中有写意。”写意与写实相结合的北京人艺表演方法，老艺术家掌握了，朱旭掌握了，一切后来者理应同样要掌握它。

重排《哗变》，演员阵容已换为中青年骨干。冯远征、吴刚、王雷、苗驰、兰法庆、丁志诚等人的组成阵容强大。诚如重排

《哗变》导演任鸣所言，《哗变》给我的影响是深刻而深远的。它表明了演员在舞台首先要把话讲好，讲好话是话剧中最主要的部分，语言才是话剧的根本。感谢《哗变》，让我们再次认识到话剧的根本，使我又一次领略到话剧的魅力所在。我相信，《哗变》会作为话剧中的经典存在下去，因为好话剧就是要把话说好，说精彩，说得让人忘不了。

整场戏中，一个个人物走马灯式的讲述，佐证了解除魁格舰长职务是对的，有根据的，法庭宣判企图哗变的玛瑞克无罪。

然而，就在玛瑞克同僚基弗上尉举行的庆功宴上，律师格林渥却声言他为玛瑞克的辩护是不情愿的，真正有罪的应该是基弗。格林渥将奶油蛋糕抹在了基弗的脸上，在众人惊异的目光中走了出去……饰演律师格林渥的老戏骨吴刚，看清了《哗变》背后的真相，他不动声色的松弛表演为全剧画上了精彩的句号。在沉寂了几秒钟后，全场爆起了一阵阵热烈的掌声和喝彩声。

话剧的魅力在于语言，在于把话说好。台词，是演员立足舞台的根本。用一辈子的时间去打磨台词的功底，不少优秀演员都倾情倾力，全身心投入。北京人艺的郑榕，虽然有很重的舞台腔，可在人物的感情表达上却入木三分；辽宁的李默然，他用铿锵有力的台词，把邓世昌爱国将领的赤胆忠心表现得淋漓尽致；赵丹饰演的林则徐，作为钦差大臣的高贵、威严，对同僚的谦恭、诚恳，以及对英国鸦片商的凛然正气，全都通过他的台词和身段，升华成了一种艺术的美，给世人留下了经典的艺术形象。所以，92 岁高龄的配音演员苏秀感慨，台词功夫是要花一辈子去钻研的。

看了《哗变》，第三天晚上又赶到国家话剧院，观赏话剧《大宅门》。

把郭宝昌导演的几十集电视剧《大宅门》浓缩为两个半小时的话剧，编剧刘深费时三年五易其稿，得汇聚多少精髓在里面，才有了今天完美的呈现。吴樾、雷恪生、刘佩琦，还有说书人郭宝昌等的倾力打造，让观众在京韵配乐的背景下，沉浸于百草园老字号家族兴衰的沉浮之中。话剧《大宅门》历史与现实交错，演绎出社会人生的恩恩怨怨、生生死死、爱恨情仇的传奇故事，使人们心灵震撼、久久思索。

话剧《大宅门》

剧评人紫茵点评：郭宝昌自我设定的“角色”，为全剧增添了几多意趣和意味。他不甘心充当一般的“说书人”，白家的那些人和事，全都深藏心间不吐不快。所以，他字字含情、句句入戏。京剧中皮黄元素化的经典音乐又被派上了用场，导引性、叙事性的京胡主奏再次为《大宅门》贴上醒目的标签。

吴樾版的白景琦，增添诸多武术动作。在济南府一人挑四清兵、与日本人田木比刀的桥段中，七爷练家子的一面，终于在话剧舞台上被展现得淋漓尽致，怎能不令郭宝昌欢欣振奋？这是最爱显摆武艺的白七爷：吴樾在最好的年龄，恰如其分地遇上了白景琦。

年过八旬还热爱舞台的雷恪生，是一个脚下有根的富有生活气息的老演员。他饰演的王喜光活灵活现，让观众掌声不断，一再谢幕还欲罢不能。这位被称为“中国当代话剧活历史”的著名演员直言，自己选择舞台的原因是：唯有站在台上，才能真正感受到与观众的交流和互动，这是一个演员最幸福的时刻。

尽管无数次在电视屏幕上看《大宅门》，但话剧版《大宅门》如浓缩的琼浆让你回味无穷，让你尝到另一个爽。

首都品话剧，每次都匆匆忙忙，期待后又有遗憾。买不到陈道明、何冰的《喜剧的忧伤》感到遗憾；看了郭启宏的《李白》，又为没看上《一代天骄》《知己》而感到遗憾；看了《莲花》又为赶不上排期看《甲子园》感到遗憾……遗憾太多也白搭，只有羡慕北京人的福分，那是一种在首都家门口就能看上大戏的福分啦！难怪著名学者陈平原感慨：“用文字累积起来的，那是文学的北京——这个经由史学家的学识与文人的激情，用文字塑造出来的北京城，最容易感知，也最好触摸。”

在中国国家话剧院观看演出

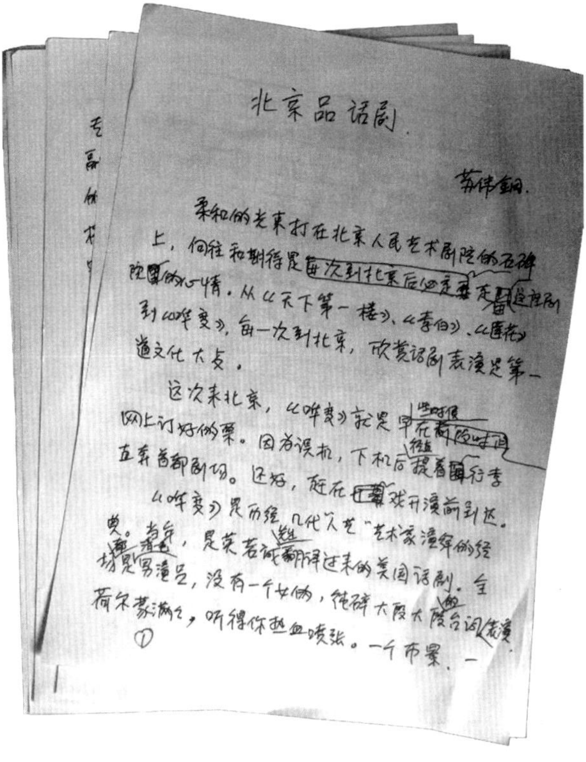

作者手稿《北京品话剧》

攀越如人生

青黛色岩壁与迷彩服融为一体，山泉瀑布汇聚成银色项链般飞流直下。长泰攀岩的相片见证了我们当时的疲惫与兴奋，如同将特定时间的段落带离城市，某种新鲜的记忆喷涌而出。

山石两字上下相叠，谓岩。

攀岩，用汉字形象解读，即手臂加大力气借助工具向上攀登。在福建长泰，溯溪攀岩，体验了向上艰难探索的苦甘，也唤醒了生活中不知不觉滑走的感悟。

这是一场近四小时的奇、特、险户外活动。换上正规的迷彩服，穿上绿色胶底军鞋，顿时有一种野营训练的感觉。汽车停靠山脚，小分队向上攀走。

茂林修竹的清幽之地，乱石如斗的偏远之乡，是龙凤谷森林公园的背景之一。溪流不断，山岩杂乱，却被开发者引导成一条供游人探险而又有惊无险的勇者之路。山涧石叠，树木丛生，潺潺河流汇成瀑，聚成歌，一路走来，意外不断，惊喜不断。全然没有以往登山者需无数个抬腿的简单机械动作，没有重复爬上那几百级台阶和越是向上越单调的无聊。

深潭、老树、古藤，紫红的杨梅、花红的李子和红绿相间的苦桃，在跌宕起伏的岩石间不时跃入眼帘，我们驻足采摘，借清泉洗濯灰尘，放入嘴唇轻吮，是生津止渴的滋润。大自然不经意的馈赠，成了荡涤疲惫的心仪礼物。

天空被古藤、果树的青青绿绿所遮盖，被树盖与树盖之间组成的几何图形所切割。一次次的攀越，带我们在熟悉与未知之间穿行。平常的我们，在城市忙碌着。感到山丘岩石已渐渐远去，而偶尔的一次郊游，似乎又唤起成长往事的记忆。

想当年穿行于大街小巷的煤车、三轮车、货车的夹缝中，自信惬意；如今是包在铁壳汽车里转方向盘，在平坦大道踽踽而行还顾首畏尾……如同镜子里照着自己，不时飘拂的白头发，分明是年龄中某些黯淡不可遏制的裸露。

偏偏，人又是一个不易服输的高级动物，于是，想借着漂流、攀岩、登山、越野去挑战极限，检验生命质量。每一步，付出的何止是体力，分明是勇气、智慧和毅力的复合物。握着绳缆，用尽力气，举步维艰而又充满好奇。

25 米高的自然岩壁，是峰顶对人的最好考验。虽然有安全带护身，虽然双手的夹子由峰顶抛下来的绳索紧扣，但胆大心细还不够，从这边平坦的岩石借惯性轻轻荡过缝隙，在对面削立如刀的岩壁站稳。人不能趴下，身要挺，腰要直，两手不能松，然后，借臂力靠右手环环紧扣，左手紧紧配合，眼睛则搜索着脚下踩踏的位置，在缺少缝隙的岩石中寻找摩擦的支点。否则，手忙脚乱，绳索晃荡，身体就要被惯性荡出岩体，就要被无情淘汰出局。于是，双脚别抖，视线向上，重心向前，亦步亦趋，步步前攀，终于攀上了 25 米高的峰顶……

站稳，解开安全带。这时，只觉得双臂打战，两腿发抖，胸口“嘭嘭”直跳，脸上却露出由衷的自豪微笑。相当于八层高的楼房，与其说是对身体的极限挑战，不如说完成了人生一大心理障碍的跨越。

此时，我由衷敬佩冒险女侠王秋杨。她血液里充满冒险细胞，性格中彰显粗犷之美，这位军人的后代具有独特的魅力。她穿越“死亡之地”的南极西风带，探险船遭遇了 12 级以上的黑色风暴；她攀登云南哈巴雪山、欧洲厄尔布鲁士峰、非洲乞力马扎罗峰，步步向前，走向成功。“希望永远在行走，永远在寻找新的刺激”，这位女侠的话突然使我感同身受。攀越如人生，不可能每一次都成功，但每一次绝对是积极向上的姿态。

延香“南国鲜花”

潮剧被喻为“南国鲜花”。我生长在她的故乡，儿时迄今耳濡目染的熏陶，自然而然积聚了多多少少的情结。“振兴潮剧”的口号，重新唤起了近年因文化多元的诱惑而不知不觉淡化了的热情……

初中读书，从家中到校园需经过韩堤路，不时总会瞥见少年男女三三两两在戏校门前的民族路走过，修长的双腿晃动着又肥又长的练功裤，短而宽的T恤在腰前打了个蝴蝶结，身材高挑，语音铿锵，举止投足皆与众不同，女孩子那顾盼生辉的眼神，那生动活泼的笑靥，更是惹人注目。那时，谁家的孩子考上戏校，似乎是家人的骄傲谈资。也许，物质匮乏年代戏校生的丰富生活被放大神化，以致忘记了“台上一分钟，台下三年功”的俗语古训，如何苦练功没见过，只看到这些天之骄子光鲜的一面。由戏校生到潮剧，这使孩提时代的我们产生好奇。

记得《曲缘》中提到的著名潮剧作曲家马飞先生与我父亲保持着几十年的情谊。因曲结缘，两家交往，谈话内容，马飞先生不知不觉成了我们了解潮剧的启蒙老师。《陈三五娘》《告亲夫》《刘明珠》《井边会》《扫纱窗》……就在你不懂潮剧为何种概念的年龄，一部部潮剧作品的重复、观赏，直接间接的灌输已入心入脑，而姚璇秋、洪妙、张长城、范泽华等演员惟妙惟肖的表演更是耳熟能详，明星趣闻逸事也听得津津有味。而潮剧界与父亲有交往的一些演员，其音容笑貌风趣谈吐而营造的艺术氛围，也每每使我们颇受感染。

潮剧的武功如何，没有深究。记得下乡时，在海丰老乡家中吃饭，谈到样板戏。那年头，看的样板戏不是舞剧就是京剧。样板戏的经典自然是大至编剧、作曲，小至武功唱念，它们都经过千锤百炼。谈到京剧，这老乡就拿潮剧说事："京剧的武打是真打，身着戎装的演员在整个戏台连番转，功夫精湛让人看得过瘾，海丰白字戏固然比不上，但总比潮剧强。潮剧演员碰上敌我对斗，两方从台内左右走出，还未到台中央，比画两下，一方红缨枪头未到，一方人已先倒下……"说话的老乡，面无表情，极重的地方口音，言语却极其生动，乍一听还不感到什么，细听才心神意会，大家亲临其境般哈哈大笑。因为这句话，我竟较起真来。后来，在《柴房会》中看方展荣表演的梯子功，极精彩……心里竟想起数年前老乡的孤陋寡闻。

"南国鲜花"，有过她盛开的璀璨、亮丽，有过她的风光、动人。岁月流逝，这"鲜花"轮廓虽时隐时现，但作为潮剧的艺术则进入永恒。如何使这朵"鲜花"延香，固然有专家们的思考和举措，有一故事却使我从另一侧面怦然感动。

21 世纪的课堂，思维活跃的学生在课程改革中寻到了创造性的平台。对于选择思考性课题，这些尚在人生花季的少男少女有着自己独特的方式，在古诗词、英语新闻、哲学、美学等林林总总的课题研究面前，一女中学生偏偏痴情于潮剧。她唱潮剧，研究潮剧，但在新潮涌动的校园，反而显得有点另类。一天，老师在课堂宣布：

"某某同学，潮剧这个研究课题全班只有你一人，你是另选课题还是坚持？"

“坚持!”

女同学泪眼盈盈，语气坚定。全班同学报以热烈的掌声。

虽然这个故事的主角不是我女儿，但我在心里也为她报以热烈的掌声。

愿潮剧这朵“南国鲜花”得以延香，更加迷人。

雪泥鸿爪

连绵起伏的黛色群山中，城堡若隐若现，她洁白的尖顶如纯白的鹅冠，如梦如幻。圣洁高雅的她又仿佛雄踞山巅，睥睨大地，振翅欲翔。这是国王路德维希二世梦中白雪公主居住的地方，也多亏了这位艺术家范的国王，他的感性，他的才情，铸就了眼前天鹅堡的震世之美和不朽之处……

湖南红，潇湘的底色

去年到湖南大学参加培训时，艺术学院的黄教授送了我一袋红辣椒干。平常在潮汕，我们做菜是没放多少辣的，但我欣然接受了。因为，在潇湘大地，我感受到湖南红，这辣椒红显然就是湖南红的元素，它饱含深情的红，是潇湘的底色。

橘子洲是一幅湖南红的风情画。

早在唐代，这里就盛产南橘，远销江汉等地。“荻花秋，潇湘夜，橘洲佳景如屏画。碧烟中，明月下，小艇垂纶初罢……”唐末李珣的诗句，描绘了1 200年前橘子洲的江景，杜甫也曾写下了“桃源人家易制度，橘洲田土仍膏腴”的诗句。

眼前的橘子洲，与岳麓山为邻，与湘江水为伴，构成了“一面青山一面城”的独特风景。西望层峦叠翠的岳麓山，东瞰湘江风光带，尽览都市繁华。登洲漫步，满眼红扑扑的南橘，挂在翠绿枝头，赏满树橘红，观麓山红枫，看天心飞阁，吟先贤辞赋，似悦耳的曲、流动的画。

橘子洲浸染着潇湘文化，历史底蕴浓厚；朱张渡，诠释着八百年前湖湘子弟求学的盛况；水陆寺，讲述着元代宗教文化的兴盛；曾国藩，操练水上湘军的号声依稀回荡在上空；外国领事馆，见证着长沙开埠后的历史。青年毛泽东就读于湖南第一师范大学时，常常与风华正茂的同学少年，洲头搏浪击水，岸边议论国事："独立寒秋，湘江北去，橘子洲头。看万山红遍，层林尽染……问苍茫大地，谁主沉浮？"发源于湘江边的天问，成就了选择信仰的革命者。

橘子洲就是一首诗，来往天流天地外，天下古今人物是非中，发思古天问，主大地沉浮。凝望远方，雄峻苍绿的山体，江边田园依稀可辨。蓝天，白云，阳光，和谐中又透着一种壮阔博大的气度。

爱晚亭，位于湖南省岳麓山下清风峡中，原名红叶亭，后由湖广总督毕沅根据杜牧"停车坐爱枫林晚，霜叶红于二月花"的诗句，将其更名爱晚亭。求学时代的毛泽东，常与罗学瓒、张昆弟等一起到岳麓书院，与蔡和森聚会于爱晚亭下，纵谈时局，探求真理。缘于此，1952 年，重修爱晚亭时，湖南大学校长李达致书毛泽东，请求题书亭名，毛泽东愉快地接受了请求；1969 年，岳麓山公园重修，刻毛泽东书法手迹《沁园春 · 长沙》于藻井内，更为古亭添光彩。

气候温润的湖南长沙，溪塘密布，养育了丰饶的草木生灵和坚强乐观的人民，养育了精深的学问家和勇往直前的创造者。她凿通万山，培育万物，养活万民，灌溉万世，这里就有湖南红的果敢元素。

小青瓦、木排架、竹织壁结构的清代农舍，竹篱香樟环绕，内有古井、沩痴寄庐槽门、周公墓等。新民学会故址暨蔡和森故居，位于长沙市茶湾镇新民路，西傍岳麓山北门，东临湘江西岸，于 1983 年由湖南省人民政府公布为省级文物保护单位，1987 年按原貌复建。邓小平、陈云分别为旧址题写"蔡和森故居"和新民学会成立会旧址。

陈列室内用场景再现、浮雕等形式表现新民学会三年的历程；以 74 名会员的精英塑像，凸显了湖湘无产阶级先锋的群体形象，使人置身其中，浮想联翩……

时空错位，让我们轻轻念出，杨开慧，一个聪颖的名字。一座古城、一条叫板仓的风雨小巷，抚摸巷中那斑驳的青苔。29岁，她用花朵般鲜艳的生命，用坚如磐石的信仰，为中国革命留下了永恒信念的飒爽英姿。

我在雨里，情怀缱绻，我愿是那徘徊在树中的思想者。追求信仰，意味着它的航程不会平坦，注定着终生将与风浪为伴。29岁，她美丽的背影，走得那么决然，那么匆忙，但她与东方灿烂的早霞同存在、共辉煌。

韶山纪念碑，一块圣洁的汉白玉，截取于信念的一面梁，镌刻着先烈的名字。每一个方方正正的汉字，凝结着当年的豪气，留下抹不掉的记忆。

仰止于伟人塑像，我想起了当年诵读毛岸青、邵华的文章《我们爱韶山的红杜鹃》："我们爱韶山的红杜鹃，这些场景或许早已为人熟知，但每每重温依然让人震撼。视死如归，义无反顾，只因坚信'人生最高之理想，在于求达于真理'。因为这一信念，毛泽东十多个亲人献出了生命，2 100 万革命者慷慨捐躯。他们是理想的殉道者，社会的探索者，主义的践行者，是伟大的爱国者，无畏的革命者，无私的牺牲者。"

此时，我的心一片寂静，在寂静中穿越时间隧道。静心听听，永恒在低语什么，仰望阳光，是读不完的深意……

中国人喜欢红，红色喜气，吉祥，有着普遍的民族审美基础。而我说的湖南红，它有一种革命先驱热血爱国的精神内涵。黎明前，如同薪火相传的火把，把中国照得一片通亮。

延安，梦里寻你千百回

梦里寻你千百回，今天，终于走进你的怀抱——延安。

延安，北国古城，贫瘠而神秘的黄土地。

延安，一幅壮丽的历史画卷，一部光照日月、启迪后人的经典。

王家坪、杨家岭、枣园、凤凰山麓……从 1935 年到 1948 年这 13 年间，中国革命曾在这里落脚、锤炼，又从这里出发，走向夺取全国胜利的辉煌。

一处处革命的遗址，一棵棵高大的国槐。庭院中盛开的刺梅，窑洞前尘封已久的碾磨，大柳树依旧，小石桌依旧，历史的记忆依旧，留下的是不可忘却的怀念和深刻的启迪。

走进这瞬间的辉煌，我沉思，我激动。

滔滔延河水，唤醒了曾经多灾多难的民族；巍巍宝塔山，承载着全国人民的重托。“窑洞大学”，培育了一代抗战建国的英才；煤油灯下，毛泽东写出卷卷雄文指导中国革命走向胜利的航程。这里的每一寸土地，都有一段不寻常的经历；这里的每一处遗址，都有动人心弦的故事。

山峦连着山峦，两山间一小沟，杨家岭就坐落在这里。泥黄拱门，翠绿枣树簇拥着宽阔空间。位于延安西北五华里处的地方安静、隐蔽，党中央曾在这里领导了大生产运动和整风运动。中央大礼堂，保留着党的第七次代表大会会场摆设，记录着盛会的历史。掩映在垂柳丛中的中共中央办公厅楼于1941年建成，因外貌形似飞机，被称为飞机楼。著名的延安文艺座谈会会址就在南翼中灶饭厅，伟大领袖毛泽东的“五二三”讲话使这里声名远播。

走进会场遗址，仿佛开会的人刚刚离去，仿佛空气中还弥漫着文艺家激情洋溢、滔滔不绝发言的热烈氛围。总结“五四”以来文艺运动的经验，解决文艺为谁服务、怎样服务的根本性问题，近百人参加的大型会议在这简朴的会场就举行了三次。毛泽东亲临这里听取大家意见，并做出“我们的文学艺术都是为人民大众的，首先是为工农兵的”指示。延安文艺座谈会，指明了文艺发展的方向。毛泽东还发起成立鲁迅艺术文学院，使这里成为一代艺术家的摇篮，从而为新中国文艺事业发展奠定了坚实基础。岁月沧桑，如今文艺百花园正以它的枝繁叶茂昭示着事业的兴旺。

枣园，依山修建的院落，毛泽东、朱德、周恩来、刘少奇、任弼时、张闻天、彭德怀等老一辈革命家，当年在这里住过。在革命战争的漫漫长夜，那透过窗户的七盏灯，被当地群众誉为“北斗星”。

王家坪，简陋的军委礼堂，却是商定军机大事的要地。窑洞里，当年的电话声接连不断，这里的主人与硝烟弥漫的战场紧密相连。就在胡宗南的飞机在上空狂轰滥炸时，毛泽东却气定神闲地给新四旅的干部介绍他同蒋介石的一笔交易：用空城延安换一个全中国。

火红的延安岁月，如今已成为历史长河中的一朵浪花。夜幕下的宝塔山，流光溢彩，耀眼的辉煌倒映在延河水中，向着前来瞻仰的后人讲述过去，昭示未来。

走进延安，走进一段难以忘怀的历史——辉煌的中国革命史。

窑洞剪影

一道道山一道道水，织成了黄土高坡的沟沟坎坎。那半山腰凿开的平地，窑洞挨窑洞一字排开，弧形流线划成的窗户透着剪纸花样，成行绿树在阳光下摇曳着斑驳碎影，好一幅陕北高原的风俗画——窑洞剪影。

走进延安，触目之处皆是窑洞：有成排的，有三五成群的，也有鹤立鸡群单门独户的。顿时，我对这片热土感到无比亲切。以往在歌声中，在画面里，在银幕，在荧屏，仿佛遥远的宝塔山、延河水、窑洞，一刹那晃到眼前。

在枣园，头扎羊肚毛巾、腰扎红绸的陕北老汉，在如茵的枣树下表演腰鼓。陕北民谣一曲曲此起彼伏，一排排老一辈革命家住过的窑洞自然而然成了历史背景，老汉既敲鼓又起舞，他纵情腾跃的雄姿，舞出了陕北汉子特有的激情。跃入眼帘的鲜活剪影一下子将脑海里储藏的记忆“哗啦啦”抖搂出来：厚朴的黄土地上纵横有序的腰鼓队站成方阵，一样的白羊肚毛巾扎头，一样的红绸系腰，身边是壶口瀑布，黄河水千军万马般呼啸而来奔腾而去。抬腿，黄土飞扬。敲鼓，威震四方。如雷的鼓声，粗犷的汉子……

粗犷、激情，是陕北汉子剪影，那婆姨呢？我们渴望走近窑洞。在车来车往、游人如鲫的延安市，我们在公路边的窑洞前停车。泥砖砌成围墙，“吱呀”一声推开小木门，道明来意，女主人憨憨一笑，欠身让进。她两颊黝红，笑容腼腆，如深秋的土地，自然而醇厚。小院子有口水井，喝水要靠打井。辟出的空地种上几垄蔬菜。男人外出打工，三间房的窑洞有一间堆放农具，两间分别住着大人和孩子。读书刚放学的女儿挤在炕边写作业。见客人进屋，忙起身让座，笑靥纯真灿烂。

女主妇温语絮絮，回答着我们的询问。男人外出打工挣钱补家用。家里少有地种，因为退耕还林。几个小孩有的上学，有的在家帮忙干活。看婆姨言谈中透出的质朴，我们不知不觉感到她亲切得像邻家大姐。于是，她的忧愁让我挂怀，她的宁静让我沉默，这是一种无缘由的亲近感。临走，大家不约而同掏钱想帮帮她。她有点惊讶，当推托不掉时，神情又显得尴尬不安。而那张坚韧美丽的脸庞，是陕西婆姨留下的又一张高原剪影！

后来，朋友听说我是夏日里去的延安，便对我说，去陕北该是寒冬腊月、辞旧迎春之时。谁说不是呢？鞭炮喧响将山里的沟沟坎坎敲震得不再沉寂，活力无限。着碎花棉袄的婆姨忙着打年糕，大红亮丽的姑娘在穹形的窑洞窗上贴着巧手剪下的窗花。捂着耳朵放鞭炮的小孩欢呼雀跃，舞完腰鼓的汉子盘上双腿坐在热乎乎的炕，海量豪饮滚滚的米酒，一幅多么鲜活的年画！

没错，我咋就没再打这主意呢？刚刚收藏夏日窑洞的剪影，再亲历腊月新春的窑洞剪下新年画，也没说不可能啊！

新天鹅堡：悲情王子的相思树

一大早坐上车，天空就下起了雨，似乎要给新天鹅堡的参观罩上悲情的氛围。

新天鹅堡位于德国罗曼蒂克大道的南端，后人称它是一代君主的相思树，栽在永恒的山上，作为爱情的誓言，以换取倾城一笑。

巴伐利亚国王路德维希二世修建的多个皇宫，与其他具有历史价值的建筑一样，每年吸引着上百万的游客。坐落于阿尔卑斯高地山顶的皇宫——新天鹅堡，是欧洲建筑史上同类建筑的重要代表。

皇宫里，挂着路德维希二世年轻时的画像，这位 18 岁就登基的国王，年轻帅气，头发微卷，脸颊略为清瘦，深凹的双眼炯炯有神，鼻梁高耸，自幼深受中世纪传说和德国历史的影响，颇具浪漫主义情怀，气质不凡。

1864 年 3 月 10 日，国王马克西米利安去世，18 岁的王子路德维希继位成为巴伐利亚国王。虽然没有接受过完整的大学教育，也从未参与过政治生活，但他仍一丝不苟，认真履行职责。然而，大量的权力掌握在巴伐利亚议会两院元老手中，作为国王的他，难免在做出重要决定时权力受制约。官场残酷的现实，政府内阁之间的争斗，让这位年轻的热血国王渐渐减弱了对政务的兴趣。

感性的国王有许多事情要做，随着年龄的增长，他更痴迷于诗歌、绘画和音乐。1861 年 2 月 2 日，巴伐利亚国王首次在慕尼黑皇家欣赏瓦格纳的歌剧《罗安格林》，从此，唤起了他对歌剧的极大兴趣，而这一文艺兴趣的产生，几乎造成了他一生的不幸命运。

厌倦了慕尼黑宫廷的古板生活，唯有在巴伐利亚的山峦中，国王才得到释放，才感到心灵的自由，才感到想象翅膀的翱翔。于是，歌剧演员瓦格纳成为他最大的关注点。他频频召唤歌唱家到慕尼黑，并决心以最大力度资助他，建设由瓦格纳专门演出的歌剧院。

雨过天晴，太阳从云层缓缓透出光亮，闪烁着雨珠的树冠，雾气缥缈，云海茫茫，阿尔卑斯山如画的风景，就像悬崖上的皇冠。连绵起伏的黛色群山中，城堡若隐若现，她洁白的尖顶如纯白的鹅冠，如梦如幻。圣洁高雅的她又仿佛雄踞山巅，睥睨大地，振翅欲翔。这是国王路德维希二世梦中白雪公主居住的地方，也多亏了这位艺术家范的国王，他的感性，他的才情，铸就了眼前天鹅堡的震世之美和不朽之处……

天鹅堡伫立于阿尔卑斯山峭壁之上，背临一池湛蓝的湖水。1869 年，当新天鹅堡动工之时，路德维希二世对他的大臣说："无论是现在还是将来，都不能因为平民的到来而让这个地方失色。"

在基督教信仰中，天鹅是纯洁的象征，作为虔诚的基督教徒，路德维希二世之所以把这座城堡命名为新天鹅堡，就是想把这个地方当作一个隐秘的安静之所。他因热爱音乐和向往中世纪骑士精神而令人着手兴建，可惜，心中的梦幻城堡尚未完工，国王就莫名地溺水而死。唯一值得庆幸的是，路德维希二世曾经在城堡中住了十几天，而关于路德维希二世的死因，一直到今天还是未解之谜。传说巴伐利亚议会两院元老，对国王终日沉溺于听歌剧建城堡微词不少，结果以国家利益为重之理由剥夺了国王的权利，并怀疑其有精神障碍，给其配备精神病医生以监护他。一天清晨，湖边躺着两具尸体：路德维希二世和精神病医生……

德国著名音乐家瓦格纳是路德维希二世眼中的“音乐之王”，国王 15 岁时迷恋上瓦格纳的歌剧《罗安格林》和《汤豪瑟》，歌剧《罗安格林》叙述了中世纪天鹅骑上罗安格林的故事，从此，国王与瓦格纳结下了一生的情谊。为此，国王把这个歌剧情结元素注入新天鹅堡的设计中，希望在歌剧厅上演瓦格纳的歌剧。遗憾的是，直到国王死后六十年，歌剧厅才首次上演了瓦格纳的剧目。痴迷歌剧的国王，在有生之年并没能在城堡内看过一部歌剧，但愿其在天之灵能聆听到回荡于新天鹅堡夜空中的激越之音。

随着盘桓而上的山间小道慢慢接近城堡，偶尔的角度会看到一个尖顶或几个偏间，直到站在她面前，站在这个伫立于高耸峭壁之上的白色梦幻之堡面前，才深刻理解路德维希二世的苦心造诣：那是一种只能用心灵来感受的美。此时此刻，也深刻感受到路德维希是一个只能用心去感受的人物。城堡周围的湖水一眼见底的清澈，绿树婆娑，瀑布飞泻，衬托着这个童话城堡、梦幻之地的神秘，成为感受传说中神秘人物——悲情王子的前奏。

邂逅雪景

天气转冷，四处不是干冷就是阴冷，反而羡慕起北方的雪天。

南方人遇见雪，那激动不亚于邂逅故人。有的可能因为走南闯北机会多一些；有的则是千年等一回也没等到，只能在电视或电影屏幕上看雪，并想象着身临其境的滋味。

平生第一次邂逅大雪，是20世纪90年代末。那时随市委宣传部组成的团队往山东文登学习精神文明建设经验，在齐鲁大地，看到了让南方人魂牵梦绕的雪。

我看到的雪是由凛冽呼啸的北风喊出来的。一大早从济南出发，看狂风将冬天的叶子吹散，七零八落铺在街面、栏杆，天空乌云密布，气温之低让人仿佛掉进冰窟窿，有种冷飕飕的感觉。下雪前，先是一点一滴的雨，渐渐地，地面有淡淡的热烟卷起，当你用好奇的眼光注视着暖气卷过成为薄薄冰花时，雪花已不知不觉飘到身边的窗口……

这，就是雪么？我睁大眼睛，唯恐眼前只是梦中雪景。我使劲用手摸摸冰凉的玻璃窗，没错，是雪。于是，赶紧擦擦车窗，让车内车外的距离拉近些，只见一朵朵雪花就像天女手中的棉絮，随着她的妙手一挥，扇动着冬之灵韵，就这样轻轻灵灵地飘洒在大地上，粘在上学路上的小姑娘的睫毛上，覆盖在高高低低的屋檐瓦片上；飘进麦田，飘上树梢。那村道、水井池塘、河流、屋场，刹那间，覆盖上白茫茫的一片，黑中夹白、白中带绿，大自然多了几分层次。不到几个时辰，皑皑的北国风光就这样在我们面前铺天盖地展开。这时，乌云依然压顶，但气氛不再沉闷。大地雪白的亮色聚成强烈光线，视野变得明澈起来。亮光下的村居草甸、平房麦场，都铺上白绒绒的鹅毛雪。远山云烟轻笼，层峦耸雪，展现的清丽天然画面不禁使人胸襟如洗、惬意如梦，美妙的感受真是难以用言语描述和表达。

与雪的不期而遇，对南方客人是难得的馈赠。趁着下午加油的片刻时光，大家迫不及待下车散步，兴高采烈地踏进积雪，快活地扔着雪球，享受着下雪日子的另一种快乐和温暖。那是一种清清亮亮的温暖，一种涤荡污垢的温暖……

于是，激动的南方人急忙揿动相机快门，留下这纯净的瞬间。不知是谁觉得站着直愣愣照相没意思，忽然间一个转身，顺手拉起身边的扫把，左右开弓地在道路两旁扫起雪来。于是，大家纷纷抢起扫把，留下在齐鲁大地扫雪的身姿，好不热闹。这情景，弄得北方大妈都看傻了，以为哪里来了“学雷锋小组”。后来一听解释，说南方人从没见过雪，太兴奋了，她才“哦，哦”地表示理解。

走进雪地，一任雪温柔的声音在耳边呢喃，调皮的雪，钻进衣领，飘上头发，你将它轻轻抖落，这冬的精灵，又顽皮地粘在你的身上，使人忍不住捧上一把，轻轻摊在手心，让呼吸的热气与这大自然的礼物交融，细细欣赏，读懂她丰厚的内涵。在这静谧的景致中，走近心灵，在雪花飘落的无伴奏声乐中，谛听冬季轻轻地歌唱。

当然，下雪天给远离故乡的人带来一种心灵的折磨。旅途寂寞，风高月黑，路滑道湿，车轮稍不注意，就轻溜溜地滑进田野。一路上，抛锚堵车的不少，很多人叫苦不迭。拉着我们的汽车师傅不断地停下车来，“哼哈”嘴中热气，擦掉玻璃车窗上的冰凌花，小心谨慎地紧握方向盘，走走停停，足足开了 13 个多小时才到达烟台。

天黑了，白天山舞银蛇原驰蜡象的美好雪景，变成漆黑一片。同行的人渐渐消退了雪景带来的兴致，寒气袭来，掏空了体内的热气。此时，在车上靠喝白酒抵御寒气的小伙子忽然悟出了北方人酒量大的原因所在。寒冷的冬夜，萧索的大地寂无声息，冰雪映着冷月，只有几家的窗户闪着橘黄色的光，他们盘腿坐在烧得热乎乎的炕上，拖出藏在地窖里的大白菜，在温暖的家，一边看电视，一边擀着面皮包饺子，那一瓶瓶老白干就在这神仙般的时光中不知不觉下肚了，并直呼：“好雪，好雪!”

下雪的这一天正是旅途的第一天，麻木的思维在雪的翩然来临中擦出点火花。第二天，在烟台一觉醒来，以为还能继续欣赏雪景，不曾想，一夜之间，烟台却是以蓊蓊郁郁的白杨树和阳光灿烂的如洗蓝天欢迎我们。这雪天也怪，说来就来，说走就神秘消失，所以用“邂逅”一词真是不为过。

一场大雪，为北京换上晶莹冬装。北京故宫博物院发布的一组雪景照片，被网友刷屏，直赞为“白雪镶红墙，碎碎坠琼芳，美得这么安静”。而到故宫拍雪景，也成为那个周末游客挤爆故宫的理由。

2007 年开春，陪女儿上北京艺考的我，邂逅了人生第二场雪。

那天清晨，天还没亮，拉开窗帘一看，天空静悄悄地飘起鹅毛大雪。担心路滑难行，一大早起床，打上的士，往学院考场赶。好在是周末，没有太多上班族，大树、屋顶任由大雪罩着。车过长安街、天安门、钓鱼台国宾馆，以往的红墙门楼，都镶嵌上白雪，雪中的长安街有别样的美。

大雪也没阻碍路程，司机开得很稳，风趣幽默的师傅还一路上给我们当向导，鼓楼、天坛、长城、地坛、使馆区，乃至胡同、四合院，在他口中满是有趣的事。都说北京的的士司机能侃，这回领教过了。

到学院，进考场，白雪铺就的道上，只因走的人多了，就走出一道道脚印来。那是成千上万孩子梦开始的地方，多踩出的几条道，印证了千军万马挤独木桥的真实场景，何况遇到了千载难逢的好天气，瑞雪兆丰年哪！

呼伦贝尔大草原，中国最美的草原。人们大多向往她的蓝天、白云、碧野、牧歌的醉人风光。殊不知，雪景下的呼伦贝尔，更是难得的冰雪美丽。虽然未能身临其境，但今年冬天，朋友发来了一组图片，也算间接邂逅了雪景。

呼伦贝尔，蓝天下放出极样的光，白杨树干罩上了薄薄雪衣，树叶却大肆张扬着她雪白的叶子，在日光下站成神仙般的身姿，高贵、典雅，敢问是仙女下凡？还有林木搭成的马厩，骏马忠诚地守望着林海。

呼伦湖，中国北方第一大湖，方圆百里，水天一色，静若西子流淌，动若大海奔腾，千年历史积淀，孕育八方生灵。白色雪原下的呼伦湖，湖水结成不规则形状的冰廓，阳光下的湖反衬出蓝光，两个勇敢的溜冰者舒张着自由快乐的身姿。云彩却在天边绣几抹灰红，给雪景添上迷人的绚烂。

根河，冷极村，大漠孤烟，树木冻成冰凌花。林海雪原，积雪厚重，而那不知名的荒草却向大自然昂起不屈的头颅。

海拉尔冬季牧场，骑上骏马的牧民，抬起胯下的马蹄，驰骋在画中央。这里有金戈铁马的烽烟，林海逐鹿的浪漫，弯弓射雕的彪悍。马奶酒、手把肉、那达慕，在白雪皑皑的生命之海，看一代天骄的背影，看大草原的浩瀚，看呼伦贝尔的苍凉。

满洲里，中国最大的陆路口岸城市，与俄罗斯西伯利亚一河之隔。近景公路，汽车徐徐驶来，落日照归程。而开往远方的列车，“咣当”的车灯给冷极世界闪一抹亮色，描绘着雪国别样的生活。

扎赉诺尔，雪中村庄，树林傲岸。村村户户的白色炊烟，让人想象家的温馨，而新巴尔虎左旗，白茫茫的大地上，一对大人小孩，包得严严实实，坐在雪橇车上，敢情是穿越雪原去亲戚家。

大漠雪域，残阳落日，胡杨林里的世外桃源，大兴安岭的茫茫林海，在大风车和勒勒车的背景下，马头琴忧郁地吟唱……

白色雪原，梦中的呼伦贝尔，全世界最美的隆冬。它是北国碧玉、蒙古净土，是中华民族文化第三源，是中国自然景观的王牌。经过春的懵懂，褪尽了夏日繁华，空灵清凉的秋风一夜之间便拂了衣冷，冬的俊美飘然而至。此时，若能亲临其境，定然拍下最美瞬间，轻轻举起手中的丝巾，将邂逅的雪景吹散，吹远。

我打开记忆之扉，又慢慢关闭记忆之扉。今天的城市，已是一本翻不动的书，表面光鲜，雾霾却成了常态，口罩也成了必需品。有机会邂逅雪景，也不啻是人生一幸事。

思念小城

思念小城，缘于电影镜头。

电影《山河故人》中，一座外观呈黄灰色的明清古塔，矗立在夕阳中，塔顶沉默向天。而随着时光的更迭，它的周遭萧索破败，工地不时响起轰鸣的声响，只有它一成不变。

文峰塔——山西汾阳的地标式建筑又一次出现在大银幕上。

“一切都是衰败的，但一切却又不会被轻易摧毁。”这是贾樟柯导演心目中文峰塔的象征意味。

在电影《我 11》《闯入者》中，王小帅，这个从小随父母到三线支边的导演，他的影片镜头总有县城背景。一个既非乡村又非城市的存在，在那里，保存着古代风味的建筑与贴着硕大标语的土墙相依并存。王小帅，他的故事、他的怀旧、他的梦想，都随着镜头一一储存。

2006 年，我来到湖南凤凰古城。这个中国最美的小城之一，位于湘西的山里，城的一半在起伏的小山坡上，一座大桥，数间住家的房子，住户晾出的花花绿绿的衣服在阳光下飘飘扬扬，色彩煞是好看。桥中间是一条有瓦顶棚的小街，不少人家挎着篮子或铺开布条，向游人展示着宝贝物件……走过小桥，我坐上人力三轮车，沿河边奔跑，然后停在岸边，爬山去拜谒沈从文大师之墓。

文学的力量自年轻时就在心头积聚。沈从文大师的《边城》，行云流水，姿态横斜，生动、簇新，经年如斯，经典的魅力始终荡漾在心头。

凤凰古城，因沈从文而出名，走在红石板、青石板铺就的路上，看树丫从人家的马头墙上探出头来，想象大师当年写作的情景，思绪随行人的脚步走远……

现代社会，一大早对着手机开始一天的生活。而乙未年秋天，走过内蒙古的根河，却恍若隔世，仿佛回到几十年前小城的安静惬意中。那是一个傍晚，太阳还随着汽车晃过白桦林长廊，到达根河时，她露了个全脸后，便悄悄躲进了夜幕。于是，安静的根河就完整地呈现在我们眼前。

根河，蒙古语“葛根高勒”的谐音，意为清澈透明的河。这里群山叠翠，山清水秀。登山远眺，山峦峰岭随势而转，曲曲折折。根河市，位于大兴安岭北麓，是呼伦贝尔市的一个县级市。它东与鄂伦春自治旗为邻，西与额尔古纳市接壤，南连牙克石市，北接黑龙江省漠河县，是一处集森林与江河为一体的自然风景区。县城环境整洁，马路干净，民风淳朴。同行戏称，堪比国家卫生城市。

在根河招待所，一则广告引我驻足：“根河，在这里最大的噪音是鸟鸣，最难闻的气味是松香，最刺眼的颜色是翠绿，最大的 PM2. 5 是负离子。根河，是个坐落在生态公园里的城市，全市户籍人口 15 万人，其中百岁老人 11 人，80 岁老人 2 789 人，按人口比例是名副其实的长寿之乡。”

敖鲁古雅使鹿部落景区就坐落在根河，敖鲁古雅意为杨树林茂密的地方。这是中国最后一个狩猎部落，是中国唯一一个饲养驯鹿的少数民族。迄今，仍保留着淳朴的民俗民风。常年生活在中国北部大兴安岭原始森林的鄂温克民族，展现了使鹿部落的原始生活面貌和现代生活现状，让我在探寻原始生活中体验神秘感。祖先居住在贝加尔湖畔沿岸地区，异域的风情与古朴的民族气息，相织成一幅独特壮美的画卷。

抑或这里的地理位置独特，距离乡野近，没有碍眼的建筑森林。山坡草原上，疏疏落落点缀着农舍。天空明净，古木参天，倾听群山、森林和草原的无声言语，眼睛和心灵禁不住清澈起来，它们是思想产生的温床。

我的家乡潮州，亦称凤城。她是有着 2 000 多年历史的古城，有“海滨邹鲁、岭东首邑”之美誉。

这里，有坐落城里的韩山；有烟波浩渺的韩江；有年代久远的涸溪塔；有因韩愈曾在此为官，“一片江山尽姓韩”的韩文公祠。古城的大街小巷，随处可见古朴屋舍、灵秀物件及家家户户必备的工夫茶茶具。客人来访，好友相见，饭余酒后，农闲小憩，都以一壶茶来陪衬。边喝茶边说话，人情物事，国计民生，尽在氤氲的茶香中。

这里，得中原遗风，其方言被称为古汉语的“活化石”，这是华夏遗声。经岁月淬炼，文化根深叶茂，自成一体；这里的牌坊街，以静默的姿态，在太阳下站得笔直。

这里，古城墙仿佛是一排哨兵，它用帅气、坚固、流畅的柔情，护卫着子民苍生的安宁；这里，湘子桥仿佛是一出戏，十八梭船廿四洲两只牲牛一只溜，逗乐了一拨拨客人。古城人用深情酿造酒，让四面八方的人欣赏它的美，更让迢迢而来的人品味它的美。读古城这篇写不尽的文章，有惊喜，更有期待。

海丰，我曾经下乡的那个县城，成了我记忆中不时闪现的琐碎记忆。从农场机耕路出广汕公路，过赤雁桥、赤沙部队，是进城的路线。那时，农闲或周末，有空隙便去海城赶集。坐在拖拉机上或骑在自行车上，望着公路两旁的绿树，车过赤雁桥，然后进入赤沙部队营房。那时的我们总喜欢到军营服务部逛逛，一是

导演与粉丝（2012 年与莅汕路演电影《我 11》的王小帅导演交谈）

看看有什么值得惊喜的货物可买，二是看一看帅气的人民子弟兵，用今天的话叫“聚颜值”。

进城的路，是一条不大不小的灰土路。过一小石桥，桥下河流潺潺。河两岸屋舍林立，河边是主妇颇有节奏的捣衣声和伴随着地方口味特重的聊天声、笑声。路边有一家食杂店，在那里能买到猪油糖和地瓜粉烤成的饼干；一家百货商店，琳琅满目的花布，红红绿绿的手套，还有上海牌的“友谊”“面友”雪花膏，都是那时心仪的商品；一家照相馆，每逢路过它时，都要多看几眼俊男美女的照片，时而带着自己的裙子或借来的女军装，在人工涂画的背景前留个影。然后是新华书店、文化馆。有一座礼堂，可以承载丰富多彩的演出，白字戏、潮剧、话剧、歌舞，甚至杂技，那是我们精神生活的希冀和寄托。还有电影院播放《刘三姐》时，让好多男青年出影院忘了带回雨伞，一直沉醉在唯美画面中。值得一提的是小图书馆，坐在窗前，窗外是稀疏的树椏或蓊蓊郁郁的绿叶，一个人要好好读书就坐在那里，一个人要好好思考也坐在那里。适逢雨天，听雨，是心灵的享受；若有阳光，眯着眼看它斜斜暖暖地从窗外射进来。看尘埃在空气中弥漫，这种记忆也是美好的。

俗话说，“天上雷公，地下海陆丰”，意即一方水土养一方人，海丰人性格有粗鲁野蛮的一面，不够温婉和细腻。但海城人豪爽中蕴含的热情，令我这个来自县城的匆匆过客感动不已。

我的一个农友，姨妈在海城织布厂工作，姨父是南下干部，生活还算小康。忘不了，每逢我们进城，姨妈总会放下手中的活儿，带我们去市场买菜，回家炒猪肉粉条，或做海丰特有的擂茶给我们吃。那时，我们正长身体，吃什么都香。至今还思念爆米花、花生芝麻泡上刚刚擂开的茶水，香喷喷的，满嘴留香；忘不了，一位叫小莉的姑娘，一上她家就留着我们吃饭，吃什么忘了，但忘不了那一家人平平淡淡的诚恳和真情招待，只因为农友的哥哥跟小莉的姐姐是同事。那时，作为知青的我们拿不出好东西送他们，却毫不客气一茬茬地坐在人家桌前吃饭喝茶。多年以后，到海丰采访时也吃过擂茶，但已然没有那份纯而又纯的味道。实际上，舌尖上的思念，还是有情感沉淀在里面的。多年之后，无论走到哪里，喝过多少地方的水，走过多少地方的路，我依然将这份思念寄托在这座县城的老街上。

贾樟柯导演投身电影，这有着他对故旧的怀恋和对当下的慨叹，更有对温馨、平淡而又家常画面动容的情怀。

我感谢我生活过抑或路过的小城，那古老而又有点逼仄的布局，那原始粗糙却又恬静的环境，让我有从容的思考和无边的想象，它温暖着我漂浮在滚滚红尘之上日渐蒙尘的心，它让我怀念着生活中温馨的镜头和温情的人。

思念小城。

上海气息

城市的魅力在于它的个性它的品位，被誉为“东方巴黎”的上海，自然成为不少人神往之地。

金秋时节，我走进上海，感受它的气息。

接机的朋友，为我们预订好一家三星级酒店，酒店位于徐汇区一带。走在这条布满林荫的马路边，我用好奇的眼光探询着四周，感觉这一带不新奇也不落伍，如同一个有底蕴的文化人，自信而不张扬。街边的梧桐树闪着碎碎的光斑，玻璃圆门分四个切角悠悠转动着，有点老上海的味道。租界时代的老房子，透过一扇扇镂花的黑铁门，可见里面砂粒面的墙壁，奶黄色窗棂划出精巧的间隙。一个女孩站在门口等主人开门，皮肤白皙，衣着时尚，或许，在这样的房子这样的氛围中，才子佳人的故事就这样酝酿产生。

夜游上海，霓虹灯把整个都市装点得激情澎湃。广告成行，高楼林立，新建筑如雨后春笋，却依旧保留着经典的老建筑，才惊叹崭新高楼的时尚气派，又被映入眼帘的新古典主义风格建筑所折服。真是印证了“留有体温的城”这句话。站在高架桥上，看上海更像一个大千世界镶嵌的作品，它铺展、连贯、绵延……在这个无数由能工巧匠制作的世界里，从一个镶嵌符号过渡到另一个镶嵌符号，不同风格比肩而立，分歧趣味和生活模式堆积一处，毗连为邻，让人的感觉也不由从兴奋、惊讶到容忍。

到新天地喝咖啡，是外地人到上海享受消费的代名词。这片由石库门建筑与现代建筑组成的时尚步行街，涌动着金发女郎，蓝眼睛汉子和黄皮肤等形形色色的游人。建筑群外表保留了当年的砖墙、屋瓦。这地方的咖啡馆，轻轻响着音乐，外国的轻音乐，柔和，有一点异国情调，但不先锋。桌上的番茄沙司是进口的，暖暖的咖啡，令人不由想坐下来细细品尝。坐在这里，仿佛时光倒流，恍若置身于20世纪30年代，在这样的氛围里，以往忌口或没兴趣的食物，都成了美味佳肴。这就是上海的气息，让不同肤色的游客走到哪里都有怀恋的气息。

岁月沧桑，西化的上海，西化的婚礼如同租界的老房子，已演绎成一幅都市情调的图景。我们所住的宾馆，天天有人喜结良缘。酒店为此装点打扮一番，也没有特别隆重仪式，亲朋好友聚会祝贺，照相、闹洞房……隔天一早，在早餐的饭堂中，又见到换下礼服的新娘新郎。仪式西化，文明而不铺张。

抑或是节日缘故，上海的许多高楼住宅窗前总飘着五彩缤纷的衣服和床单，那种计划经济年代我们常常托采购员买回的大格子床单，极熟悉的图案。上海人的讲究是出了名的，样样东西都亮闪闪，笔挺挺，这份讲究的背后，却是对生活的极致追求。但上海人不喜欢别人看到他们真实的生活，那是他们隐私的空间，也是他们的自尊。

一家店铺，一个门牌号码，一条有趣的广告或一张陌生的脸，随移动的步履而晃过，但大上海简直深不可测，它总是在闪烁其词地向我们展示某些片断的同时，又为我们这些匆匆过客疏漏许多擦肩而过的物事而带来狡黠的目光。在离开上海当晚，我们选择一间颇有特色的餐馆，正是在世纪大道附近，一边用餐，一边欣赏着夜幕降临后华丽灯光从88层透出高贵黑色建筑的美景。翌日，这里举行了中国首次低空跳伞表演，中国的丁建华第一跳跳出了中国第一，而澳大利亚的辛普森则在试跳时打开降落伞失败，被风吹到裙楼平台上，严重摔伤。

怀旧的情绪还令我想起少女时代喜欢穿的上海毛衣、上海罩裳。色彩鲜艳的圆领羊毛裳，还有小小平翻领，第一粒扣子紧系成一字形的罩裳。没有腰围的直身造型，自由青春。但走进繁华的第一百货公司，走进人山人海的南京路，却极少有时装让自己有消费冲动。哥弟、衡韵、敦奴……这些专卖店的服饰，让人感到汕头的商店就在身边。告别了经济短缺时代，告别了消费的狂热，似乎理性的回归是当今黄金周所津津乐道的，但提着并不鼓凸的旅行袋踏上归途，总感到当年对上海新服饰到来的那份期待仍值得怀念，值得依恋。

那是说不清道不明的上海气息。

轻吟三娘湾

蔚蓝天空，湛蓝海面，墨蓝海岸线。三娘湾，宁寂柔和而又生机勃勃的世界。

虽然，对于来自滨海城市的我，三娘湾，你并不让人一见钟情。怎奈，你周身透着自然朴实动人之美，以独特神韵不知不觉走近我，吸引我。

美丽的传说，包围着静静的三娘湾。夜幕下的涛声，轻轻叩击着停泊港湾的渔船，发出“哗……哗”的节奏，轻吟浅唱。

三娘湾，你的名字似乎注定要与渔女有关。20 世纪 60 年代，电影《海霞》的拍摄取景于此，而《海霞》之前的渔村，更有着悠久缠绵的故事珍藏。三娘湾，相传由东汉伏波将军马援的三个妹妹化身而成，作为一方神灵，你保佑当地渔民。

银波蝶泳三湾地，铁石横开一洞天。渔村东北角的天涯石，曾是镇海炮台，如狮子般雄踞海岸。而你身后的巨大石群，那清晰可辨的斑斑弹痕，诉说着大清年代承受战争硝烟的史实。

海之岸，因棕麻树点缀而添风景，叶子青翠欲滴，撑出茂绿树盖。“大海边，沙滩上，渔家姑娘织呀么织渔网。”歌词是这里真实生活的写照。拾掇渔网的挽发髻妇女，搂着熟睡婴儿的丰腴少妇，她们织网谈话，谈着女人在一起才能说的话题，也有凝眸远眺的，仿佛迷惘现在又憧憬未来。家家有一本难念的经，户户有一部平凡的史。千姿百态的生活琐屑，如同女人手中的网线，缠缠绕绕，绕成打渔男人的港湾。

岁月漫漫，海天亘古。千百年来，位于广西钦州怀抱的三娘湾，偏于一隅，日出日落，潮涨潮退，“养在深闺人未识”，唯有在古韵和今风的和鸣交响中，这座海湾才轻轻掀开羞答答的面纱，展出她的千娇百媚。海豚频现三娘湾，这海上“熊猫”不时以滚圆背脊喷射的亮晶晶水花，渐渐吸引了世界的目光。长焦短镜此起彼伏，纷至沓来追寻芳踪。面对太多太多的人，你有些猝不及防。虽然你好客、热情，但面对接踵而至的客人，你多年养成的清静、自然、孤寂节律一旦被打破，你的微笑中不免有疲惫与厌倦。

月上树梢，沙滩上燃起火苗闪烁的篝火，映红了游人兴奋的脸庞。着金黄色唐服的渔民，将赶排逾10天的《雨打芭蕉》乐曲款待迢迢而来的客人。一袭蓝白相间的女民兵着渔女服列队唱起《渔家姑娘在海边》。篝火燃起来，柴枝树丫堆起了渔村人的热情，燃起来的火苗，把年轻的心点燃。手拉手舞起来，步调一致，表情各异。老老少少的心坎燃起了共青团员青春万岁般的激情。熟悉与不熟悉的手，拉起来，握一起，忘情地唱，欢乐地跳……

星光闪烁，荡起摇网床，棕麻在海风吹、海浪涌中“沙沙”轻唱。闭上眼睛，悠悠晃晃，心如轻舟般自在。迷蒙中看着三娘湾，看着锈红色的火车驿站旅馆，看着看着，感到时空交错，这是在自家门口，还是异乡之邦？让人不由自主心生幻觉。

三娘湾，就让我这个异乡人为你轻吟浅唱……

千年之功沉淀一座古城

在中国南部的版图上，有一个叫潮汕的地区，它是广袤的三角洲湿地。

而我们今天说的龙湖古寨，俗称潮州小城。在韩江中下游之滨，有一处迄今 1 000 多年历史的古寨——龙湖古寨。穿过石砌的小门，在这个南北走向的带状天地里，穿梭于三街六巷，从门到街巷皆设计有致，布置明朗，建筑风格与古时潮州府很相似，故有潮州小城之称。

走进这座毗邻韩江的小城，古厝屋、青石板小路等极具特色的潮式建筑遍布，俗称“下山虎”“四点金”“驷马拖车”等有故事的古老房屋，刻着“方伯第”“进士第”“探花府”等有历史的牌匾，在古寨贤人的生动讲述中，走进缓慢的年轮，走进复活的故事。

古寨的结构很讲究，先人们按九宫八卦修建，寨中央直街由于形似“龙脊”，加上四周环绕韩江水、池塘水，故称龙湖。直街东面有三条街、西面有六条巷，形成了三街六巷的规整格局。街巷中，宗族祠堂、名宦府第和商贾富绅豪宅 100 多座，不少有五进、十进之深，它汇集了宋、明、清及民国时期的“潮式”建筑风格。“方伯第”“进士第”“绣衣第”“许氏宗祠”等民居建筑，门廊立面装饰精美绝伦，潮味极为浓郁，彰显了“京都帝王府，潮汕百姓家”的尊贵与气度。在古寨，明清鼎盛年代，龙湖考上进士举人逾60人，这也引出了民风淳朴、尊师重教的故事。

明朝初期，龙湖先辈就有南尊韩、北敬陈的传统，于是在南门建韩文公祠，北门建陈尧佐庙供乡人祭拜。当年，已过知天命年纪的韩愈，被贬潮州刺史，在不到八个月的任期内除鳄鱼、兴修水利、赎放奴婢、兴办教育，赢得江山都姓韩。韩愈以他的地位信誉、文化造诣和人格魅力，成为潮州读书人的楷模。而陈尧佐延续了韩文公的文脉，推出择秀劝学之举，由于二公之倡导，龙湖寨科举人才辈出，从而有了“京城御街呾白话”之说。

在古寨，值得一提的是先生祠。

先生祠建于明嘉靖年间。当时，寨内八个学生的家长请了王同初先生任教，由于王先生执教有方，八个学生全部学业有成。但先生未能建立家庭，也无子嗣，逝世后，学生们建祠立庙，祭拜先生，感念其培育之恩。明朝时期，按当时一般孝道规矩，当官的祭拜五代，平民祭拜三代，但龙湖寨的先生祠，村民则祭拜不断，一直到1949年，整整持续十八代。

乾隆二十七年（1762年），先生祠沐浴100多年风雨后破旧不堪，学生的后裔们重新筹资修建，使之焕然一新，并专门请时任潮州知府的周知府为其撰写碑记，遭周知府拒绝。他认为，王同初乃一介普通乡村教师，其贡献不足以令知府为之撰写碑记。后来，周知府办案路过龙湖古寨，学生后裔又拦路，再三请求知府进来先生祠看看。周知府纳闷，一个乡村教师，时隔100多年后，村民仍念念不忘其恩德，这其中奥秘，不是先生执教有方，就是民风淳朴、尊师重教。最后，深受感动的周知府破例为王同初先生撰写了碑记，以表敬仰之意。

透过先生祠的故事，我们看到古寨尊师重教的一个生动案例。

据学者称，潮汕过去凡家有千金者，必构书斋，雕梁画栋，缀以池台竹树。宋代时，注重文化教育的龙湖寨富家大户更在自己书舍中设立书斋，聘请学识好的先生（教师）教授自家的子弟。俗称“一个先生教一个弟子”。走过“三街六巷”，眼前晃过的是以姓氏郡望命名的书斋，如黄姓的“江夏家塾”，许姓的“高阳家塾”，肖姓的“肖氏书斋”。但更多的是由邑绅或进士、举人命名，如“梨花吟馆”“读我书屋”“抱经舍”“雨花精庐”“怡香书室”等，书斋名字可谓各具意蕴，别有情趣。此外，各书斋均配以门联或由名人撰写的诗词雕刻。如今尚存的黄姓大夫的“读我书屋”联曰：“读史方知司马笔，我诗不让杜陵篇。”原位于南堤上的“卯桥诗庄”由岁进士许促仙撰联曰：“读书常至卯，溪涨欲平桥。”花楼巷的“兰亭讲易，石室藏书”，“石喜兰香，兰爱石洁。君子相交，不在颜色”。可见那时的书斋里外，处处充满着浓浓的书香，也佐证了至明清时期，龙湖古寨书斋的迅速发展。其中，既有富户人家设立的，也有以全族名义创办的，全盛时期书斋数量不少于 30 处。这些书斋大都环境优美，装饰漂亮，是教书育人的好地方。

与先生祠遥遥相望的，是闻名的阿婆祠。

这座建于清代康熙年间的祠堂，大门特别高大，肚宽达建筑物宽度的一半，比例十分张扬，所以，乡里人又称它阔嘴祠。

阿婆祠雕梁画栋，巧夺天工，正门上“福”“禄”石雕，再配上汉白玉麒麟浮雕，高雅华贵与爽朗开阔的结构糅合在一起，形成鲜明的建筑风格，是潮州典型的“四点金”建筑样品。

进士翁廷贤写的“椒实蕃枝”四个大字在门匾上，源自《诗经》：“椒聊之实，蕃衍盈升。”借椒树的籽实繁多，喻人的子女多，典雅含蓄，别有意趣。

古人为女性建祠的不多见，为偏室建祠的更少，阿婆祠以其典雅、华贵、张扬的态势，从侧面反映出当时社会另一种思想风貌。这是本地区唯一的女祠，为其生母周氏建祠堂的就是黄作雨。因为周氏不是作雨父亲的正室，所以为母亲建的祠称“婆祠”。

阿婆的儿子也能光宗耀祖。生于明末清初的黄作雨，字腾芳，号垂伯，他继承先人遗业，善于经营，又勤于积蓄，后广置田地万余亩，房屋数十座，家资丰盈，富甲潮州。明天启七年（1627 年），获得澄海县生员的资格，后循例成国子监监生。

在龙湖古寨，黄作雨以仗义疏财、保一方百姓安宁的义举而受乡人褒赞。崇祯年间，时世动荡，于是，黄作雨出巨资招募乡勇以保护地方；顺治年间，海贼姜世英劫掠龙湖，他带领乡勇积极抵抗，因寡不敌众，龙湖乡被焚烧，贼寇离开之后，他又尽力抚恤房屋财物被焚的穷人；康熙二年（1663 年），黄海如聚众作乱，打算攻夺龙湖，黄作雨命其子黄衍参组织乡勇备战，使贼众不敢贸然侵犯；康熙五年（1666 年），贼首丘辉带领四千余人，驾船数十艘抵达龙湖寨，勒讨粮食，乡里百姓惊恐万分。黄作雨镇定自如，在家里埋伏一批乡勇，设宴，假意邀请丘辉到家中饮酒，乘其不备，砍下头颅。此时，贼众群龙无首，惧怕而散去，于是，龙湖寨得以保全。

阿婆的孙子黄衍参，也是家族的佼佼者。他青年时期意气豪迈，胸怀大志。在清初政局动荡、社会纷乱之形势下，对保全龙湖寨乃至隆津一带百姓安宁，都有卓越贡献。

黄衍参的父亲黄作雨在自家院落设立书楼供男童读书，还在中平巷头设立一处女书斋，以供族内小姐们就读，改写了古寨书斋专为男童所设的历史。黄衍参则被授予例贡资格，任广东和平县训导，教人不倦。他每每惦念龙湖书院为乡闾造就人才之所，常欲擘画周详，可惜愿望未能实现。弥留之际，仍念念不忘嘱咐子孙，要捐出钱银和土地重建书院。乾隆二十三年（1758 年），龙湖十五姓绅士认为，黄衍参在生时，御灾捍患，嘉惠后学，功及无穷，建议请公牌位入报行祠配享。

一座小城，诸多故事。龙湖古寨，以其不变的容颜坚守韩江，站成一道独特的风景。亲水的生活让人与自然多了一份默契。在水一方，我牵着时间的衣襟，溯韩江而上，静静倾听流淌时光的细诉。

龙湖古寨，代代有才人、贤人。有勇敢者远涉重洋，踏浪海上丝绸之路。它以永远向前的视野，在有海潮的地方留下潮汕人坚实的足印。它又不忘养育之恩，反哺这个再生之地。以千年之功，沉淀了一座古城，也塑造了一个个族群。岁月有痕，如今，古寨已重归静寂，但乡贤的生动讲述复活了它当年的场景，在游人纷至沓来的足迹中，为其注入活泼的现代气息。

秦川浸润

我的心里一直珍藏着八百里秦川黄土地般厚朴的情怀。

一个炎热夏日，我走进了这片尘土飞扬的土地，走过了兵马俑，走过了泾河渭水，走过了华清池。

说是黄土高原，一点不假。西安之东的黄河边，几百米高的岸层尽是黄土。在这厚土上，气脉沉绵，除黄帝墓和始皇墓外，仅汉唐两代的帝王陵墓就多达三十余座。汉高祖刘邦的长陵，汉武帝刘彻的茂陵，唐太宗李世民的昭陵，唐高宗李治和皇后武则天的乾陵。于是，便有了在“北京看墙头，上海看人头，江南看丫头，西安看坟头”之说。

西安人靠老祖宗的资本吃饭。自古迄今，五千多年历史，共有72个皇帝陵墓设于此，仅大量陪葬品就是一笔财富。于是，从计划经济到市场经济，西安的旅游事业发展一直占大头。然而，长安虽能长久安康，可这种长久之安则逐渐销蚀了它的生气。不少农民昧着良心吃“祖宗饭”，“要致富，盗古墓”，靠一夜之间的发迹而成暴发户。

灞河水，灞桥柳。

关中帝王陵园多筑于山野，千百年来颇为寂寞。汉文帝刘恒的墓地——霸陵坐落在西安以东13公里的白鹿原东北角，浩浩霸水从北面流过。虽霸陵呈方锥形于箕形山凹对峙之中，远望好似展翅欲飞的凤凰，可惜多年来这只凤凰仅留下悠悠霸水与寂寞的岁月。虽然清朝顺治曾下诏修葺祭祀这些亡灵，着实使霸陵曾热闹了一阵子，怎奈，内忧外患，皇帝再也无心祭祀这早已荒芜了的寂寞亡灵，于是，陵园又重归寂寞。

实际上，要让古陵墓真正不寂寞，还需现代人的拜谒和参观。

西安的明城墙气势恢宏，这是保存最完整的一处明城墙，也是世界上规模最大、最完整的古代军事城堡设施。凝聚着六百多年的沧桑历史，明城墙筑起的屏障无限延伸。极目远眺，护城河在落日余晖下罩上一层迷人的光晕，仿佛历史的经典都凝固在这辉煌瞬间。

晨钟暮鼓，钟楼屹立在西安市中心。西安人讲究龙脉，北门出去的北郊塬上就是龙头，现在仍叫龙首村，钟楼正好建在龙腰上。20 世纪 30 年代的钟楼，修葺之后与同为明代建筑的西安鼓楼，成为海内外游客慕名观光的景点。

西凤酒烈，到西安才知道其产地在此。虽说这里是古代帝王之都，但毕竟地处西北，气候干燥，冬天冻得直哆嗦，夏天热得要命。这样的地理环境自然产生了暴烈的西凤酒，产生了味道最辣的线辣子和紫皮独瓣蒜。更有那凸现生、冷、硬、倔语音的秦腔戏曲。由此，西安人自称他们缺少应付和周旋的能力，也自褒执着和坚韧，他们往往完成了外人难以完成的物事。

沈阳人津津乐道的话题是张学良将军，殊不知，杨虎城却是西安人的骄傲谈资。作家贾平凹在一篇文章中饱含深情地写道："著名的'西安事变'发起人之一仍是那个杨虎城，可以说，全城死去四万人守护八个月的（壮举）只有在西安发生，而敢以地方军的身份把蒋介石抓起来，也只有西安人能参与。""杨虎城的胆量，以他的地位和兵力，若是别人，见了蒋粗气也不敢出，何况与张学良相比，又算是个粗人……杨虎城凭的什么呢，喝烧酒，吃羊肉泡馍，吼秦腔，一副憨厚之相，就凭的是铮铮的民族气节，凭的是陕西人的豪胆，不干就伏低做小，要干就破釜沉舟。”

而陕西古老的戏剧秦腔，是西安各种气质的完美结合。净的嘶声吼叫与旦的幽怨绵长，你就明白这方水土养育的是一种什么样的人了。

在西安，文学艺术领域曾出现过天才于右任、吴宓、王子云、赵望云、石鲁、柳青，他们足以使陕西人和西安这座城骄傲，而当代又有贾平凹、张艺谋、赵季平等群星闪烁。于是，我曾由衷而言，西安是一个文化积淀厚重的地方，能在那住上一两个年头，文化素养肯定不一样。因而，有朋友说她侄女考上陕西师范学院时，我直呼好！喜欢文学的年轻人，就该去那里吃泡馍，听秦腔，在八百里秦川这片黄土地浸润浸润。

城墙遗韵

城墙遗韵，是珍藏在心灵的老底片。

万里长城，古老厚重的城砖布满岁月风尘；正阳门崇文门，老京都曾上演过一幕幕生动的历史话剧；护城河，仿佛已成为景观而不再背负着阻隔战火硝烟的使命。走过一个个景观，虽手不能及，却可触摸到历史。种种沧桑从无边的城墙缝隙弥漫包围着你……多年之后，脑海总浮现月夜下古城肃穆的景致，那远离人烟的苍茫、怀古幽思的抒发，仍令人怦然心动。

钟楼鼓楼，把西安点缀得古雅壮丽。“自古长安帝王都”，从西周算起，先后有十三个王朝在这里建都。“蓝田猿人”“半坡人”曾经在这里繁衍生息。在这片土壤上，你耳濡目染，深深感受着中华民族发源地古老的文明风。

旅游所至，有城楼遗墙总让你驻足凝望。尤偏爱孤立旷野之坚固砖石前，朝雨晚风，千古愁情，如翻开尘封的线装史册，令人感慨万端……

古都帝国，凭借老祖宗留下的遗产，成了子孙们取之不尽的文化资源。自然，大手笔的规划修葺保护，其规矩自成方圆，变形和破坏的幅度要少些。然亦有一种现象已引起历史学家、文化专家的痛心和关注，那就是岁月年轮与现代时尚格格不入引发的矛盾。当人们欣欣然迈步跨进新世纪时，不免要与旧日子挥手告别。于是，一些城市，由于城池的年久失修而得不到修葺保护，更谈不上再现风华。遗憾的是，那些联系着今天与过去的古城墙，在百年动荡中没有毁去，却在和平年代以“妨碍都市进步”为由被硬生生地拆掉。

那些老墙，比城市的诞生还要早，那是遮风挡雨的刚毅的“脸”和淳厚的“衣裳”，现在却因为过时而惨遭命运的无情抛弃，其理由是时代需要新的统一装饰。眼前，刷着银粉带着矛尖的铁栅栏，看起来整齐简单，却透明乏味。

修旧如新不是文化，而是涂鸦。记得一篇散文写道：“当走在夫子庙崭新的街道上，看着漆得金碧辉煌的仿明清建筑，你会意识到这座城市的过去已然成了只被书籍留住的迷人的意象。”“新凿的麻石板和不高明的假山，没有船只穿梭的内城河段已淤堵或填埋，有些路段的树木被伐尽，它更像是失去历史背景的城市。”这段话，把一个居住者对自己城市因爱生恨的评判剥得丝丝入扣。

抑或，在别人的城市里，我们是匆匆过客。蜻蜓点水，走马观花，留下的印象不可能是系统的深沉的。但自己生活的城市却如流动的生活画卷，当你心细如丝地穿行于大街小巷，无意触及推土机时，总要留意将成废墟的墙楼会不会成为现代无知之手误杀的牺牲品，由此延伸至那些尚存的如日景观，为之庆幸也不由自主地为其未来命运暗捏一把汗。

旧宅成了新楼的废墟，废墟却比许多史料还要古老。小时候放假时，总被大人寄居到古城潮州亲戚家，那古色古香的民居建筑，那滋养着平民百姓的四目井，那成为千百年历史见证的涸溪塔，成了我们的玩耍之地。闲逛时，你能感受到一种气息，这气息仿佛让人置身于一座可以专心思考的学校，在早春二月的烟雨蒙蒙中，回味无穷的思绪常常令你梦中呼唤或辗转难眠……也许你在乎古城遗韵的一切，而不仅是历史印象的仓库。为此那残剩的旧居、石柱在焦虑地唤起人们对它的挚爱。

于是你祈祷，在修旧如旧的完善中，把文化自觉铸成一道墙，挡住标准化、统一化的弊端，让智慧把文化保存得细致有趣。

九寨归来不看水

九寨的出名，水占相当的分量。密布河流穿过竞起山峰，蓝天白云如柔情绸缎，葱郁树林站成绿色背景，这时，潺潺流水更凸显她的纯洁、美丽和生动。

当人类进入工业信息社会，自然风光似乎成了稀缺资源。如仙境般的流水藏存于川北高原，九寨沟的神秘面纱更吸引着不辞辛劳跋涉而来的八方游客。

去年初冬，因天气误机，走进九寨沟已是夜静更阑。天幕，被高低错落的山峰切割成几何图形，星星零散分布，虽没有银河的壮观，但寂寥四周的那份空旷给我留下了深刻的第一印象。

旅游巴士把我们引进神秘的九寨沟。顾名思义，坐落于四川阿坝州境内的九寨沟因九个寨子而得名。终年无霜期的阿坝州，平均海拔在 3 000 米以上，草泽丰沛。发源于此的岷江，与气势磅礴的大渡河汇成汹涌澎湃的江水，穿过崇山峻岭，直奔金沙江注入长江，滋润着富庶肥沃的成都平原。

进九寨，触目皆景。这绿树银瀑，似乎全然不知也不懂人世间酸甜苦辣，在深山老林径自唱自己欢乐的歌。

河流创造出无限景色，创造出无数自然之谜。九寨蓝是一种迷人的蓝，它与大海的深蓝、天空的蔚蓝不同，是多种纯净之蓝的有机结合。走进树林，墨绿的柏树和红桦树近乎妖艳的红色枝条间，一抹透亮纯蓝的出现，抢夺了无数举起相机的“眼球”。

这是一种很特别的蓝。湖水在这里不再单纯出现清澈透亮，树木、蓝天、白云、山岚与蓝碧碧的湖水聚会，盎然生机一片。水中的“面包树”成为不朽生命的象征。饱经岁月沧桑的树木，其生命夭折落水后，九寨蓝的含钙水质无意间成全了树木生命的延续。落入湖中的物质在来不及腐朽时就被钙质紧紧包围，年深月久，越包越厚的钙质渐渐将树木泡成浑圆饱和状，蓬松乳白，被人称为“面包树”。钙质沉积造就另一种景观，神仙池就是杰作。成片成片的山坡被黄色、乳白色钙体所包裹，形成一个个奇特的盆状钙华池和钙华坡，如奶油般的地面被乳白、浅黄色的物质所覆盖，走近才发现它坚硬得可以攀登，再仔细看，坡面有潺潺流水，还有如水波样的纹理，让人惊叹大自然造物的鬼斧神工。

沿小溪边走，穿过柳树林、阔叶林，一路美景目不暇接。偶见小片平原，小木屋错落其间，野花遍布。头上，白云在山峰穿梭，听溪水潺潺，眼前山青云淡，天空似乎触手可及。九寨以她的幽蓝和葱绿擦拭了游人的眼睛，白云也偶尔渗透到生活的细节，使旅游的日子变得明亮。实际上，在人群之外，我们还需要一种高度，一种空旷，一种安静，去与天地对话、与万物对话、与永恒对话。

康巴姑娘穿着藏袍，高原特有的气候造就了她健康的古铜肤色，她轮廓明显，鼻梁高挺，眼睛炯炯有神。那黑黑的眸子里有一种内地人少有的澄明与朴实。在晚会上、在车上，康巴姑娘以川藏高原特有的嗓音引吭歌唱，掩不住的深情是她让过往游客带走的一片片美丽。

千里岷江狂野不羁，给九寨留下千姿百态的娇媚，出阿坝，入都江堰，水势平稳，灌溉广泛，使成都变为“水旱从人、不知饥馑”的天府之国。一条河流织成一幅高原壮锦，一条河流成为人类福祉，呵，水的极致，水的盛宴，九寨归来不看水。

更喜岷山千里雪

初冬，川西松潘。

她以遥不可及的雪山，以慷慨无私的素净，以晶莹静谧的神韵，凸显在我们眼前，使人读出从书本到现实的活生生感受。

那是九寨黄龙仙境般的诱惑，仿佛要印证“无限风光在险峰”的意境，我们起五更，睡半夜，不辞辛劳赶路。上黄龙——海拔 5 588 米的雪宝顶，一步步向前，为的是一睹岷山这一主峰的王者雄姿。

雪宝顶，它的价值在其位置。就经度而言，是中国最靠近东部的一座雪峰。一年四季，不管是秋风乍起，还是夏日炎炎，其皑皑白雪永久积贮，无法消融。而世界自然遗产——黄龙五彩钙华池从高高的山上潺潺流淌，源头便是这雪宝顶。

沿山谷前行，溪流淙淙。空翠湿衣，老林蔽日。忽而阳光折射，万物氤氲，钙华聚成池、积成瀑的景象不断。黄绿、翠绿、青蓝，浓浓淡淡，令人陶醉。那是迷人的蓝、醉人的绿。但，身边的风景仍挡不住高原反应带来的气喘吁吁。海拔 5 588 米的雪宝顶，一路攀行到达主峰，是对身体极限的一个挑战。同行的几位商量：不坐担架，不租氧气，走到哪算哪。走走停停，小憩又再向前。

岷山主峰，李白当年并未发现它，杜甫在成都住过数年，川西有林线、雪线和积雪的高山但均无缘欣赏。仅向成都西岭投去一瞥，就留下了“窗含西岭千秋雪，门泊东吴万里船”的诗句。而李白家乡离岷山不远，但这个一生歌咏过无数山峰的诗圣，最终却未将气宇轩昂的雪宝顶列入视野。

横断山脉，连绵起伏。切开的断面似乎是为了给主景让路，使其更为峻峭。于是在雪山面前，你感到自己的渺小，不敢妄自说：“会当凌绝顶，一览众山小。”

这时，不由感叹毛泽东当年《长征》诗句的气势磅礴，摄魂夺魄：“更喜岷山千里雪，三军过后尽开颜。”感叹“千里冰封，万里雪飘……看红装素裹，分外妖娆”的高雅意境。特殊的革命经历，使伟人毛泽东把革命浪漫主义和伟大思想家的深度完美结合，为中国诗歌咏雪山冰川留下史诗式的财富。二万五千里长征，毛泽东难以释怀的雪山情结，仅以山为题材、为背景的诗歌就有 25 首。毛泽东曾向美国记者斯诺说过，红军长征大约翻过一千多座雪山，1935 年 5 月当红军夺取泸定桥、飞越大渡河，一路北上进入阿坝境内时，雪山出现了。此后，红军盘桓停留了一年多时间，其间有五次翻越雪山：梦笔山、长板山、打古山、拖罗岗、松岗毛儿盖……红军的豪情壮志，红军的伟大创举，后人为之讴歌，为之纪念，那直插云霄的红军纪念塔仿佛是凝固的诗行，令我们频频回望，向她致以崇敬之情。

近了，近了，雪宝顶就在眼前。钙华池在缕缕阳光下呈现浑黄色彩，雪山蓝天白云融为一体，离我们的视野越来越近。瞬间，有了天上人间的感觉。此时，我不敢声张，脚步放慢，仿佛怕惊走这得来不易的景色。唯有驻足凝望，凝望这近在咫尺的仙境。

云从东面蜂拥而来，雪宝顶像一道堤坝，轻轻站立，挡住云涛，而不断积聚的云海终于跨越而来、奔腾而下。刹那间，瀑布般的云彩倾泻而出，激情般涌出一层层不可阻挡的能量。终于，云绕峰出，洗礼后的雪宝顶露出尖顶。群峰中脱颖鹤立的她，轻盈薄雾恰似系上飘逸丝带，气韵天成，仪态万千。

碧蓝苍穹，岷峰更妖娆。挥手作别雪宝顶，下一次重逢是心中的期待。

作者留影

客家女，围龙屋的主角

徐徐展开粤东版图，梅州是汕头的邻居。休闲到梅州，享受慢生活，已成为邻居们的一种习惯。而我关注的，则是他们的客家女，围龙屋的主角。

桥溪村，一个开村 400 多年的古村落，从明朝万历年迄今，数百年来生生不息，记载着一幕幕客家传奇。这座在钟灵毓秀的五指峰峦下的古村落，有着自己独特的古韵风华。

走过小溪上的木桥，迎面就是错落于半山腰的村落，沿石梯拾级而上，映入眼帘的房舍荒凉古旧，只见有户主在旧舍前撑起招牌，做起土特产生意。而蜂农则把养蜂的四方木柜高高低低重叠，游人怕不经意碰翻木柜，惹来蛰伏的蜜蜂四处乱飞，于是，大多站得远远的，看一眼就走开了。

往前走，是修旧如旧的宝善楼，垂花通雕挂落，厅落屏风古朴典雅，二层楼布局四面相同，俗称“走马楼”。宝善楼外观大气，内饰精致，视野开阔，如同其主人高瞻远瞩，广建学堂，造福桑梓，留下宝园、宝善家塾等珍贵建筑。山腰，一幢白色楼房格外显眼，巧的是，这座叫仕德堂的建筑，屋前那树桃花开得格外灿烂，惹得游人竞相拍照留念，想必该是桥溪村现存建造年代最早的客家民居建筑。

走过仕德堂，我想象这三个字的含义，应该是为官有德或德艺双馨的意思。虽然我们不了解这个家族的族史，但从外观看，白色房屋整洁亮丽，桃花灿然绽放，围龙的含义不言而喻，家族的繁盛可想而知。而村口的百年珍稀古树，历经风霜，依旧苍虬有力，挺拔繁茂，如同慈爱的守望者，守望着游子平安归来，守望着这座400多年的客家古村世代繁衍不息，宁静祥和。

走过梅州，走过田园如画的村庄，客家围屋总会频频出现。

一个大圆将院子、房间围成圈圈，客厅是圆心，前半圆划出个小池塘，都成了半片圆，两者合为一小圆，想象在打日本鬼子的时期，这围屋就是一个家族、一个村铜墙铁壁的象征，齐心协力，前方开枪与后方支援全围在这个同心圆上，还能不捷报频传？

圆屋并不封闭，大院不盖屋瓦，走出房子，就能仰望蓝天白云，欣赏月亮星星。据了解，客家的建筑特别讲究风水，特别是前半圆和后半圆大有内涵。导游让人猜，有人说，是合两半为全圆，其实不然，准确的说法是，如果水池是全圆形且水溢满了，那么，子孙就得不到祖先的财（才）气，让出半个圆是为子孙后代着想，让他们有发展的空间，青出于蓝而胜于蓝，家族一代更比一代强。

记得下乡时，有一农友是客家人，她外貌端庄并且聪慧，赢得了不少小伙的倾慕，但她坚持回了老家，与青梅竹马的爱人结婚。那时，改革开放的大门尚未完全打开，年轻人的爱情婚姻观也还传统，她总觉得，家乡再穷也要回去，一是可为父母守住老屋，让老两口叶落归根回家有个依靠；二是在外再怎么发展，也得为爱回归家乡。那时的我，听得眨巴着眼睛，很少见她谈恋爱，平常就几封信来回，有那么深的感情为爱回到老家去吗？而老辈人却直夸这女孩子孝顺、规矩，现在想来，那农友传统的理念中应该掺和着围龙屋的精神元素吧。

是不是客家女人所生活的环境就像围屋般弥漫着封闭的氛围？导游这样回答我的问题：由于客家地处山区，生活极为清苦，男人多数认真读书，然后走出山门，到外面闯世界，女人不但得操持家务，还得背着小孩下地种田。

古时的嘉应州，随处都有学校。乡下每个村落，尽管只有三五百人，至多也不过三五千人，却不缺学校。因为客家人每个村落都有祠堂，而他们祭祀祖先的地方就是学校。

山多田少，粮食匮乏，男子必须外出谋生，而想要学会谋生技能，必先知书识字。有传闻，客家祖先原系北方迁徙而来，多为门户清高人家，自幼受“读书为贵”理念的熏陶，因此，客家人想方设法办学堂。祠堂拥有许多公产，他们就将公产收入用来办学，于是学生多读书免费，不少虽属穷苦人家子弟，亦有读书求学的地方，而不至于成为文盲，此即所谓教育机会均等。而大部分壮丁到外谋生，家中只剩老幼，因此，妇女就成为家中主力。

客家妇女赤着脚，走路如风般飞快，要尊重长辈，尊重丈夫，哺育小孩，还要耕田劳作，于是，客家女没有缠足的习惯。上山砍柴草，采摘茶叶时，客家女常常边劳动边唱着自己喜欢的山歌，亮出铿锵有力的歌喉唱出自己的自信。

客家妇女是围龙屋的主角，围龙屋精神被她们诠释得至情至美。难怪仕德堂前的一树桃花依旧笑春风。说不定，那围龙屋里就有几个艳若桃花的客家姑娘，对着拍照游人抿嘴一笑呢。

印象青岛

十几年前，我曾去过青岛。

记忆中的青岛，没有大连热闹，却有着自己的文艺气质。

旖旎壮美的海滨风景线，起伏跌宕的海上崂山，别具韵味的宗教建筑，多而密集的名人故居，古迹遍布的古街老巷，让人感觉它的古朴凝重，清幽典雅。

这是中国东部重要的滨海城市，她位于山东半岛南端，濒临黄海，环抱胶州湾，与朝鲜半岛遥遥相望。她沙软滩平，海岸曲折；城伴海生，海增城色，有着“东方瑞士”之美誉。

崂山，是道教发祥地之一，明代志书曾载“吴王夫差尝登崂山得《灵宝度人经》”。到战国后期，崂山已成为享誉国内的“东海仙山”。

山险峰秀，空旷幽远，鬼斧神工。崂山主峰位于中部群峰之中，“云海奇观”“旭照奇观”“彩球奇观”是巨峰景物中的三大奇观。而巨峰、明霞洞、蔚竹庵、白云洞、潮音瀑、棋盘石、华楼峰、狮子峰、那达罗延窟、八仙墩、太清宫、龙潭瀑是崂山十二景。“振衣直上最高峰，如发扶桑一线通。只有仙灵营窟宝，更无人迹惹天风。群山岳岳凭临外，大海茫茫隐现中。持较岱宗应特绝，碧天咫尺彩云红。”清代乾隆年间即墨知县尤淑孝赋诗赞誉主峰“崂顶”，今天仍朗朗上口，耐读耐听。

路过太清宫时，那五角枫开满墙内外让我喜出望外。就像蔚开的彩霞，染红了半边天。而修炼了100多年的银杏树，一棵是冬天景象，光秃秃的枝干，映在氤氲的雾气中，另一棵却是满树金黄，放出耀眼的光。一般的银杏树都是异树相伴，这里却是两棵公树，一并成长。

太清水月，奇绝的美。当万籁俱寂之时，一团金辉携溶溶月色倾洒海面，岸边清风吹拂，细浪呢喃，景色幽奇绝伦。有如清代文人林绍言所赞：“相约访仙界，今宵宿太清。烟澄山月小，夜静海潮平。微雨五更冷，新秋一叶惊。悄然成独坐，细数晓钟声。”

八大关汇聚了24国建筑特色。将军楼、公主楼……造型别致，红顶石墙，精巧玲珑，各具风韵。这是德国殖民主义留下的建筑样本，也体现了人类创造文明建筑的智慧。

从海岸探入弯月般的青岛湾，走过栈桥，看海上青岛烟波浩渺，碧海蓝天。站在八角楼回澜阁，看巨浪阵阵涌来，叩击飞阁回澜的心灵波涛。

始建于清光绪十八年（1892年）的栈桥，迄今有着100多年的历史，是青岛最早的军事专用人工码头建筑。1891年，直隶总督兼北洋大臣李鸿章在山东巡抚张曜的陪同下，来到当时的胶澳视察。回京后，他果断向朝廷提议应在青岛口一带设防。同年6月14日，内阁明发上谕：“拟在胶州、烟台各海口添筑炮台，著照所请。”同时，要求登州镇总兵衙门由登州（今蓬莱）移向青岛口。随后登州镇总兵章高元在青岛口建总兵衙门，是为青岛建置的由来。

青岛栈桥是当时唯一一条“海上军火供给线”，谁控制了栈桥，谁就控制了胶州湾。于是历史上，先后上演了1897年德国以“演习”为名，从栈桥所在的青岛湾登陆，武力占领了青岛；

1914 年 8 月 27 日，第一次世界大战期间，日本从陆路和海路进军青岛；1937 年 7 月 7 日，卢沟桥事变后，大批日军再次从栈桥登陆占领青岛……新中国成立后，人民政府多次拨款修葺，伤痕累累的栈桥才得以焕然一新，被游人拥入怀抱。

形如古琴的小青岛，就在回澜阁的正对面。她最高处有一座白色灯塔，于 1900 年由德国人建造，是青岛市重点保护文物。外观呈八角形，塔内装有水晶棱镜镶成的反射镜，并旋转式反光。灯塔是海上过往船只进出胶州湾的重要航标，与栈桥交相辉映，成为青岛市的重要标志。“茫茫海湾有红灯，时明时灭自从容。翠岛白塔沐夜色，琴屿飘灯传美名。”又一诗人以简约的方式诠释了灯塔的美，赞颂了它对人类的贡献。

说青岛有文艺气质，说青岛名人故事多。这故事与信号山有关，与民国才女萧红有关。

信号山位于观象山东南，青岛山西南，海拔 98 米，其山额处三幢红色蘑菇楼宛如三支熊熊燃烧的火炬，耸立于青松绿树之中。一生凄凉而坎坷的民国才女萧红，在青岛，就有她短暂人生的一个驿站。

1934 年，端午节的前一天，萧红与她生命中第一个恋人萧军来到了青岛，在舒群的帮助下，他们住进了观象一路一号一栋由石块垒成的小楼，这小楼就在信号山附近。岁月流逝楼犹在，无数文青、过客络绎不绝来此寻访、感怀，透过七岔路口的小楼，男女主角的故事在人们脑海想象着、重演着……

应该说，当年萧红、萧军在青岛的日子，是他们人生少有的快乐、幸福的时光。生命中遇到萧军，萧红如同黑夜中看到一盏明亮的灯，绝望中的她有了活下去的勇气。清晨，他们迈着青春的步履爬上山顶，观人间万象；傍晚，他们携手在望火楼之畔，望万家灯火；深夜，他们映在窗前的剪影，或各自埋头潜心创作，或深情对望纵论诗文才情……

舒群的帮助使萧红、萧军有着较为安定的生活环境。在这栋小楼里，他们各自完成了自己的代表作，后来，被鲁迅先生认可的《生死场》和《八月的乡村》两部作品成为近代文学史的经典。“叙事与写景胜于人物的描写，女性作者细腻的描写，北方人民的苦难描写已力透纸背”，则是鲁迅先生对萧红作品《生死场》的评价。

像电影里的镜头一样，在荒岛书店，酷爱读书的萧红、萧军认识了老板孙乐文，这位中共地下党员给这对在陌生城市漂泊的文学青年带来了希冀，也改变了他们的人生航向。于是，在孙乐文的热心牵线下，萧红、萧军将他们精心创作的小说寄给了在上海的鲁迅先生，大文豪鲁迅的回信让这对又惊又喜的恋人，不再感到彷徨……

一天晚上，孙乐文把萧军秘密约出来，给他几十元路费，让两人悄悄离开青岛去上海，投奔鲁迅先生。因为青岛的中共地下党组织已被破坏，孙乐文为保护这对年轻作家急忙想出此策。

风雨交加，雪碎冰崩，萧红、萧军这对恋人相互搀扶，从栈桥登船，又踏上风雨飘摇的流亡之旅。萧红此去再无归程。在上海，萧军有了外遇，郁闷的萧红魂不守舍，无以排解，只好三天两头往鲁迅先生家里跑，在给了自己很多精神呵护的长辈面前，让多皱的痛苦平服一下。从日本回来，面对再次背叛自己的萧军，萧红痛苦而宁静地提出分手……香港是她人生最后的一站。战火纷飞，不幸染病的萧红再次遭到恋人端木蕻良的抛弃，平静而痛苦地完成了《呼兰河传》。临终前在纸上写道：“半生尽遭白眼冷遇，身先死，不甘，不甘。”

晚年萧军重来青岛，物是人非，他想起了与萧红在一起的日子，山上蝉声不断，两人卧而听之，似真似幻。如今，人间已无萧红，青山有约又如何？萧红不在了，但，她的才华和灵性还在，并飘拂在一代代读者的案头，她的《生死场》《呼兰河传》，成为一个时代民族精神的文本。

印象青岛，山，弥漫着些许仙气；水，扑棱着青青明澈；气质，清雅又不失文艺。

庐山神韵

登庐山，念想已久。但，真正实践是今年盛夏。

耸立大江之畔，秀甲东南一方。庐山，当汽车满载着久违的仰慕盘桓而上时，很久未晕车的我感受到了“跃上葱茏四百旋”的个中滋味。

庐山的自然之美给了我一种对她的守望和神往。

林木苍翠，丘陵起伏。山花烂漫，石奇洞幽。潺潺小溪，旋律荡漾。不知不觉将身心包围浸润。

庐山风云，使我有无尽的奇思妙想。

含鄱口上望鄱阳湖，云雾缭绕，暮色苍茫。看不到“云横九河浮黄鹤”的壮观，却在朦胧中梦幻着湖水万顷。鞋山静卧，千峦竞秀，百舸争流，帆影绰绰，波光粼粼。具象依稀时，反而是想象的畅达之机。默诵大地的某种语言，我在一定程度上感知了风景的神性。

美庐，面西坐东，依山临溪而筑。门前，溪流歌唱，一路奔向豁口，汇入将军河。庭院别墅掩映绿荫之中。院后，翠竹一片，清风徐来，绿影婆娑。绿顶、绿门……岁月推移，在绿色幻海之地，面对的是凝固的历史风景。

“人间四月芳菲尽，山寺桃花始盛开。长恨春归无觅处，不知转入此中来。”唐代诗人白居易的传唱绝句，写的就是眼前的花径。那争芳斗艳的花团锦簇，年年芬芳，春意盎然。即使不是仲春时节，移步诗人咏唱的花径，也有陶醉自然、忘情物外之感。

草地让人宁静，峰峦让人升华，湖水让人秀润。

如琴湖，苍翠松柏如琴弦排列。阳光下，碧蓝湖水轻吟浅唱，如琴透彻，旋律涟涟。那绚烂光斑与湖光山色交织晕染出的原始乡愁使人笃恋。

脚下虬松怪石，眼前幽谷危崖。“天生一个仙人洞，无限风光在险峰。”极目远眺，长江如带，水天一色。大千世界，尽收眼底。悠然于此，或静味山色，或纵览云飞。俯仰之间，似乎江山社稷宇宙人生皆豁然贯通胸中。而真正的仙人洞，悬于苍翠壁间，方圆数丈，宛如厅殿。山高水滴，千秋不断，石上清泉，万古长流……

走进牯牸岭，走进人群的中心。每一步是一节历史，每一步忆一段故事。沿着这远古而又现代的小镇古道，我探寻着历史的梦想和悠远苍茫的文化感悟。

仿佛庐山是一幅画，有柔和的温情，有流畅的缠绵；有雄俊的秀奇，有激越的历史。

仿佛庐山是一坛酒，有了她的深情酿造，才有更多步履匆匆或意态悠闲的人来到这里，阅读和领略她的独特；有了她的深情酿造，才有更多的人从世界角落了解庐山的神韵。

黑山白水秉性

“咱沈阳”，这话听起来温厚、亲切。

十多年前，异地采访时认识了辽宁新闻界一同行。闲聊中，听他话里话外总夹着“咱沈阳”三个字，且带着悦耳的卷舌音，印象特深。但沈阳在我心里占着一隅重要位置，更多的还是因为它作为东三省的重点城市及其对于长白山、黑龙江的无形价值。

历史上的沈阳曾名盛京。于是，想象中，这座城市应该有一方敦厚苍朴的护城墙。抑或逗留短暂的缘故，视野中并未出现老城墙的断壁残垣。下榻的宾馆就在沈阳北边，推开窗户，一束金碧辉煌的光线直刺眼帘，俯视窗外，娱乐城门口几座金狮“严防把守”，把初来乍到就急于寻找感觉的我拽入思绪的扑朔迷离中。

天亮，寒冷空气仍挡不住上班人流的匆匆脚步。有用围巾把脸庞裹得严严实实的中年妇女，有用耳罩捂住两只耳朵的小朋友，有戴着绒帽一晃一晃俨然林海雪原乡亲形象的汉子，还有从村庄进城绕过老街的小骡……哎，这回似乎寻到了沈阳第一感觉：阅尽人间沧桑，但不张扬。

当年，在关东原本光坦坦、莽苍苍的荒原霸气突兀起来的沈阳，经历了岁月的风风雨雨，在自己黑山白水的广袤土地上，养成了独特的血气、性情和秉性：刚烈、豪放、勤勉、坚忍，更拥有了关东大汉别样的风范。

我们称努尔哈赤有着尘一般的容貌和强悍性格。正因为强悍，他统一了女真族，建立了后金国。沈阳人称自己这位祖先为“老汗王”。当年，他迈着有力的脚步来到盛京披上后金的开国皇袍，他非凡的神采和经略就是踩着沈阳的地面构思和诞生的。谈论努尔哈赤，沈阳人对历史上这位有着旷世才华的刚烈男子透出一股谙熟的尊敬。

咱沈阳，是一个产王的故乡。

沈阳人津津乐道的谈资在女作家马秋芬的一段生动描绘中可见一斑：“我常觉得，在咱关东的黑山白水、大寒大暑的气候水土里，似乎潜藏着一把精灵的锋刃。人的秉性，总是在无形的锋刃之下，被削着砍着打磨着，生生令你凸现出大棱大角，滋生出撂地可断三截的干脆，竖起能捅破天穹的锐气，这才算浑然天成一个北方汉。”

张学良，是印证马秋芬诠释的关东男子汉的典范。

他以一腔滚烫热血，发动著名的“西安事变”，他兵谏蒋介石，力挽国家危难，而自己却失去大半生的自由。在沈阳张帅府，虽然这座古罗马建筑庭院里曾发生的一切因寒冬留下的残枝孤藤、因残雪覆盖的瘦树秃干而成了林木标本。但为了中华民族的统一和自由，张学良那滴着血的灵魂伤痛，活生生奔突着北方民族的品格和气韵，这是怎样的一曲可歌可泣的关东之魂！

当然，关东汉子刚烈豪放的秉性并非都通过关东之魂大起大落的事件来体现。和平年代的人们，焉能时常处于在民族危难背景下追求万死不辞的境界。但平常的举止投足、为人处事，也能不经意间表露出内在的血气。就说当年异地采访认识的新闻界同行吧。那年秋天，来自全国青年报刊的记者一起采访。每到一处，东道主都热情接待，虽说是粗菜淡饭，但主人那真诚的劝酒，令很多人吃不消。怎么办？沈阳同行于是灵机一动，建议每次吃饭“牺牲”一位同志，“第一个我上!”他自告奋勇，一轮下来，他不是“引火烧身”就是为人代劳，而当大伙轻轻松松有说有笑回宾馆时，他却烂泥般醉倒在门口。后几次轮到别的同行“出击”，大家怎么看都没看出派出的代表喝得像沈阳同行那么爽。他还振振有词:“说‘牺牲!’还真牺牲呀? 谁像他那么傻。”这叫傻吗? 其实，喝酒见人品，如果这个人血管里奔突的是豪爽刚烈的秉性，那么，再怎么喝，也不是扭扭捏捏的表现。

以为关东汉子魁梧高大，但其实见到的都很一般。沈阳导游煞有介事地解释，和平年代，关东大汉主要“产”自郊外，市区的汉子不怎么劳动，读书工作为主，也就成了这样的个子了。

也许，性格豪爽与否，并非个子使然。但一听关东汉子说出“咱沈阳”三个字，那豪爽刚烈的性情又会跃然纸上，那是一方水土熏陶出的特有秉性。

在长影圆配音梦

长影的名字一直伴随着儿时看国产片、译制片而熟稔在心。当“咣当、咣当”的火车车轮在吉林省长春市停留时，“长影”二字随激情一下子把自己多年的梦想从心里拽出来。

到长春电影制片厂走一走，是从梦想到现实的写照。汽车在长春市宽敞的主干道奔驰，然后左弯右拐，在一条并不繁华的街道停下来。这就是慕名已久的长影吗？典型的东北式建筑，两道墙壁支着扇小巧的门，扁而长的矮式墙壁，正好使厂里特色各异的摄影棚“红杏出墙”。长春电影制片厂的字样，以金黄色的光灿突兀地镶在朱丹色墙上。没有下雪的北方，冬天依旧寒风刺骨，四周草坪枯干，树木凋零，唯有松树在寒冷中还挺着黑乎乎的身躯。

已是下午 4 点钟左右，夕阳在悄悄撤退，我们算是当天最后一批参观的客人，但仍兴致勃勃。长影建厂已有 50 年历史。厂史展览是一部电影回忆史，大幅大幅的明星照片在这里集结，田方、张瑞芳、祝希娟、张连文、吴海燕，每一张照片都很自然地与一部部故事片连在一起：《英雄儿女》《李双双》《红色娘子军》《创业》《海霞》，讲解员悦耳的声音，让长影人再次将 50 年来为全国人民提供丰富精神食粮的历史引为自豪。而译制片是长影的一大强项，向隽殊、孙敖、徐雁……一个个配音演员的名字都那么耳熟能详。想起来当一名电影配音演员，还曾是自己多年的梦想，只因为平常模仿潮阳、普宁、揭阳地方方言有点天赋，那时，自知当电影演员容貌距标准还有一截，但配音吧，躲在幕后对口型，应该问题不大。所以，希望考上长影曾一度是悄悄藏在心里的梦想。

走进拟音棚，一开始还想不到会有意外收获。拟音棚设在小阁楼，一个姑娘拿着几个道具现场演示，使幕后拟音显真相。两根略粗的木棍，在空中舞动，比比画画撞击出声音，前方战场你死我活地拼杀，竟出自姑娘柔软之手；“嘀嘀嗒嗒”的下雨声，原是一把装满水的洒水壶在半空中往水槽洒落，在寂静的气氛中，与雨水接触大地的声音没两样；而两个小圆木在左右手轻轻摩擦，则逼真传达出“嘚嘚”的马蹄声……在这里，你不能不对拟音师神奇之手发出由衷赞叹。

“现在有一个互动节目请大家配合，请哪位同志来配音？”话音刚落，同行的人都推我。这是《男妇女主任》里的一段台词，说的是男妇女主任与村里一女青年从一角落钻出来，被老婆撞见……总共四句台词，我就配其中两个女的。

“笑啥呢？”（宋丹丹瞪着眼）

“这不咱俩的事被抓着啦。”（赵本山嘿嘿自嘲）

“说啥呢？嫂子，哪跟哪呀！”（女青年急于辩解）

“哈……”（宋丹丹如释重负）

别看简单几句，却非得把两个东北农村女性的性格特征凸显出来，我以为抓住了特点，就急着配音，谁料速度太快，对不上口型。再来一遍，这次我特别注重速度，注重语音与性格特征的协调，对上了，最后一句哈哈大笑，竟是情不自禁地吻合，特别自然。为剧情笑，更为自己笑。

也是，多年的梦想，曾因现实而褪色，没想到，在一次旅途中却无意过了把瘾，自我感觉良好，发挥了自身潜质，但缺乏经验，口型对得不太准，纯属业余水平。不过，在自娱自乐中也算是圆了一回配音梦。

西湖语丝

心目中的西湖，应是烟雨渺茫的三月，雨丝织成的暮霭为西湖罩上神秘的面纱，若隐若现，似明似暗。于是，撑一把紫色碎花的天堂伞，在苏堤款款而行，这时，你会怀疑自己走进仙境……

心目中的西湖，或是在寒冬腊月，白雪冰封的景致，如内敛含羞的少女一般，在游人如织的一隅，安静地开着自己的花。于是，你穿一双长靴，裹一身羽绒服，戴一顶羊毛帽子，围一条在南方不轻易围上的长围巾，站立桥头，看世界雪白一片、素净整洁；或远眺湖面冰雪皑皑、垂柳萧疏，感受三潭映不了月的美的遗憾，呼吸只有冬的严寒才沁出的清新空气。

抑或是在南方住久了，有些审美疲劳。所以，每每到一个城市，每每到一个旅游景点，总希望它有独特的魅力，总希望它有独特的城市气质，用流行语来说，就是把自己对别人城市的想象格式化、差异化。

去年仲秋时节，在杭州小憩了一段时间。兴致勃勃游西湖的当天，阳光高照，秋风散懒，暖洋洋的背景总衬托不出她的最佳底色。平湖秋月、保俶塔、雷峰塔，被浮躁的氛围搅得特色全无。一时间，想象西湖的兴致被眼前的西湖大打折扣。

2016 年夏天在西湖边参加浙江大学的培训

好在还有夜间的西湖，当行人稀疏、柔柳如烟成为剪影时，当皎洁月光成主角、湖畔茶香渐浓时，品一杯龙井茶，眺望夜幕下的三潭印月，静心沉醉于《二泉映月》的优美旋律，此时，西湖的感觉渐渐在心中升腾……

在杭州，伞与丝绸是这个精致城市的时尚元素。有一首歌唱道："来杭州，来江南，请带一把伞。吴侬软语，化作湿润的雨，留住你，不让走……"我想，打着天堂伞在西湖漫步，是唯有在杭州才能领略的独特惬意。

不到杭州，感受不到丝绸的诱人。几个女同伴相约，在一次次的欣赏中，一次次读懂丝绸作为第二皮肤的含金量。于是，一次次被它诱惑而欲罢不能。穿它，用它，你的皮肤会渐渐变得光滑、美丽。真丝、仿丝、丝棉的含量指标，变成环保低碳的代名词……这时，你会真真切切感受到杭州女人生活的精致。

在杭州，江南小镇无处不在。塘栖、龙门、河桥，如同一条条彩带，轻轻缠绕着这颗璀璨的明珠。

乌镇，位于浙江省桐乡市境内。电视剧《似水年华》的拍摄，使乌镇更具文化气质和内涵。沿河的房子，粉墙黛瓦。茶馆、客栈，酒坊、画廊，除了做生意的当地人，热闹的多是游客。一种古老的蓝印花布，在大鼓架飞瀑般泻下，如电影画面的视觉冲击让人驻足。凝视着这用兰草调成的工艺品，看图案如青青底蕴映衬着白云，蓝得古朴，白得清悠，就像眼前乌镇的妇女，神清韵美，质朴土气。想象一个个女子的笑颜在窗下的流水声中不知不觉老去，如莲花开落，柔和平淡却牵动人心。

走过悠长的石板小巷，一座拱形的逢源双桥映入眼帘，桥下船儿轻轻摇橹，欸乃一声山水绿，留下一池涟漪……满眼的翠，在秋的画轴里流淌，微雨的江南，连同她悦耳的话语，一如我在寻找的心灵静美。

华欣，不一样的精彩

现代人的休闲度假方式不知不觉在改变，以前是带着好奇的眼光日夜兼程，边走边看，乐此不疲，为的是用眼球摄入更多名胜古迹、自然风光。如今，不少人都喜欢在一个点驻扎下来，在大自然的怀抱里尽情放松，让节律加快的生活得到调整，充电吸氧，做个身心俱全的“瑜伽”。

应泰国旅游局邀请，从华欣旅游回来后，我突然对旅游有了新的比方：一条河流，源源不断向前流淌，虽然一路观光带来不少惬意，但渐渐地有点审美疲劳，有点身心劳累，于是，悄然转变流向，甚至选择一个宜居之地，在那里懒懒地小憩，再慢慢向前走。

华欣，被游客比喻为：发现一个新泰国。

它距曼谷195公里，车程约3小时。2009年3月1日第14届东盟首脑会议选址华欣（Hua Hin），又为这一泰国皇室贵族度假的永恒圣地做了个广告。

湛蓝的波涛，白得耀眼的长长沙滩，高高的海岬，棕色的山脉，一样的水域，却在华欣演绎出不一样的精彩。

这一远离尘嚣的海边度假中心，是传说中美丽的海滨天堂，它以碧海、沙滩、椰影的南国风光闻名于世，自公元1900年至今，一直是最受皇家青睐的度假胜地，也是泰国上流社会的高级度假别墅区。

华欣虽是一个小地方，却是国际系列酒店的云集地，从设施完善的豪华别墅，到经济实惠的海边小屋，应有尽有。天空湛蓝，海水蔚蓝，海岸边一字排开的超豪华五星级酒店，趿着拖鞋的游客在沙滩看落日余晖。也有一家 20 世纪 20 年代的大宅重新整修成的酒店，它恢复了往日风采的韵味，让喜欢怀旧的游客流连忘返。

华欣的酒店设计真可谓为水而量身订制，泳池和水的运用简直达到一种境界。设计师将其融入酒店所有露天部分，蓝莹莹、清冽冽的水流环绕着酒店的所有走廊，只要兴致一来，游客随时随地都可以跳到泳池里，或一展雄姿，或尽情浸泡……

夜的华欣，平静的沙滩洒下一片皎洁月光，涛声轻轻拍岸。从沙滩走到酒店，一路景致不断，群山与大海之间，静谧和谐，静静地享受这里传统的沙滩胜地，静静地体验这里唯美的自然保护区，你会为这里历史悠久的豪华宫殿和古老威严的庙宇殿堂所折服。

华欣的夜市热闹而不拥堵，形形色色的泰式服装琳琅满目，手工艺品、摆饰、美食应有尽有。沿街叫卖的小吃和服饰摊档，与台湾的夜市很像，各式富有特色的手工艺品及家居用品都能在这里找到。喜欢杀价的人，可以在这里大展身手。泰式的丝质及棉质服装令游客爱不释手，纯白色的棉质布料和手工针织，就能设计出几十款图案的服饰，几圈手工通花就能绕出一个别致的西班牙式女童裙装。耀眼的灯光下，游客和店主皆轻声议价，似乎怕大声喧哗会惊扰华欣的静谧。

景色优美，自然令游客胃口大开。泰国料理很是别具风味，酸和辣是酸辣汤的诱人之处。酸的原料来自柠檬，酸酸泛泛的柠檬水与强烈的辛辣互相渗透，加上鲜美的虾“醉”在其中，色味香俱全，对胃口绝对是个大诱惑。另外，泰国特色美食比较驰名，一种用蛋做成的糖果，在华欣北部的拷汪可以找到不少专卖店。

十多年前的泰国游留在我脑海里的是海上摩托艇、空中降落伞等刺激游乐节目，热闹的芭堤雅到处弥漫着浓重的商业气息。而华欣，因历经数代国王的营造，椰林中出现了典雅的行宫、奢华的度假别墅，为妩媚的海滨添了几许优雅的皇家气息。

遥念南非

悬挂在办公室的世界地图中，看得最多的版图应该是南非。

那乌云翻滚的好望角，凝固着战争记忆的纪念碑，晶莹剔透的珠宝钻石，一树繁花的贾克兰……记忆如一条河流，在这个春天懒洋洋的阳光日子里，正以静止方式拒绝遗忘的急驰，提醒我将五年前那因岁月流逝而纷繁零星的印象，汇成一幅记忆的底片，也算是对迢迢万里之外的南非的遥念吧。

去南非，是2000年的秋天。

十月的秋天，是灿烂的季节。我随汕头新闻代表团赴南非参加潮人成立大会。从香港乘空中巴士，经过十几个小时的航行，穿过夜航的黑暗，飞越印度洋、太平洋，抵达约翰内斯堡时，正是太阳初照的早晨。

秋的大地，尽情释放自己万紫千红的生机；秋的约翰内斯堡，阳光充沛、天空湛蓝。车过之处，不是鳞次栉比的高楼大厦，就是纵横交错的高速公路；不是五光十色的霓虹广告，就是色彩丰润的尽染树林……好一派国际大都市风范。

约翰内斯堡是南非第一大城市，位于海拔约1 800米的内陆高原，不少潮人到南非创业多选择约翰内斯堡。这里被誉为“用黄金制造的城市”，于是，当我们的生物钟尚未调整过来时，热情的潮人乡亲已把我们带到金矿城，体验 19 世纪末淘金者的生活工作。金色宽边敞篷，白驹过处“叮叮当当”的铃声节奏铿锵，这是当年金矿主人威武的马车。异国风格建筑再现了殖民者的骄奢，这里的一切保留了当年的模样。从阳光普照的地面乘坐升降机亲历矿井生活，一路坑道漆黑，不时有幽幽瞳孔发光，乍一看吓得直出冷汗，细看才明白是当年黑人矿工流水线作业的情景模拟……而绿色草坪上矿工舞的表演极富个性，黝黑皮肤、鲜艳围裙，摇晃的身姿、激荡的手鼓，以及与游人友好热情的互动，蓦然与游客缩短了时光距离。

在好望角听风声，真真切切领略了风暴之角的内涵。如马嘶、似羊鸣、如虎啸、似龙吟……东西南北的风声，一一收聚，胸腔共鸣。这里位于开普敦以南 52 千米的半岛尖端处，是印度洋与大西洋交汇处。从某种意义上讲，这是我走过的异国中最遥远的一角。因此，那被狂风吹乱的头发和轻飘飘的脚跟，至今想来都惊心动魄……

开普敦市东郊矗立的纪念碑，是“波尔人”开发的先民纪念馆。棕褐色的外墙浮刻着 64 辆波尔大篷车图案，向人们展示着当时祖鲁人为防止原住黑人土著者的攻击而组成的阵形，而内墙展示的是他们所遭受的各种苦难和奋斗历程。棕褐色的氛围仿佛空气中散发的是烈火、灰烬和死亡的气味，凝固的记忆是苦涩的汗水和鲜红的血液。1834 年，荷裔先民由于对不列颠政府不满，组织了数千荷裔农夫从开普敦跨越桔河向北迁徙，到川斯华尔后建立了这座纪念碑……每年的 12 月 16 日，是南非和平纪念日。中午 12 点，一缕阳光从纪念馆的窗棂射进来，照在“为了南非”的字样上，它警示着后人，血流成河是战争的后遗症，而和平的阳光是人们心灵永远的祈祷。因此，我们应该更加珍惜安静，珍惜慈祥的阳光，珍惜清新透明的空气。

南非共和国有三个首都，比勒陀利亚是行政首都，十月的比勒陀利亚那满树的贾克兰花迄今仍盛开在记忆的田野中。这是一片让人感到优雅的紫，林荫环路、街心公园、使馆建筑门前，大片大片的紫随处可见，贾克兰花高大浓密，争相伸进藩篱，将茂密的树冠随意点缀，看得外国游客流连忘返。陶醉其中，我们顾不得明媚鲜妍能几时，顾不得花开的辉煌背后是落花的伤感，我们尽情享受紫色花卉环绕的美好。至今，仍念想着异国绿草坪上那树树盛开的紫色小花，那落英缤纷的紫绿相间……

澳大利亚的明媚阳光

太平洋与印度洋之间镶嵌着一颗明珠，这就是澳大利亚。它东濒太平洋的珊瑚海和塔斯曼海，西、北、南三面临印度洋及其边缘海，是世界唯一独占一个大陆的国家。

2016 年春节，除夕傍晚，花城广州的热闹已渐渐消退，呈现出难得的清静。我们一家人收拾好行囊，坐上机场大巴，直奔白云机场。一直以为除夕是国人围炉和欣赏春晚的大好时光，大多数人得待在家里，可眼前的机场内外人来人往，摩肩接踵。南航飞往悉尼的客机座无虚席，除了少数皮肤不同的外国人，中国游客绝对是主角。看来外出旅游度春节已是国人过年的一种方式。

八个半小时的航程，抵达澳大利亚悉尼已是天光大亮。

以往在电影、电视、电脑里见过的异域之邦，如今近在咫尺。走出悉尼机场，阳光灿烂，明媚的缕缕光线照到脸庞，一扫冬季的寒冷，倍感舒爽。空气清新，大道通衢，别墅林立，绿化处处，是抵澳的第一感觉。

澳大利亚一词，原意为“南方的大陆”，早在四万多年前，土著居民便生息繁衍于这块土地。2001 年人口普查数据显示，当年澳土著居民总数是 41. 3 万人。

澳大利亚历史主词条显示，1606 年，西班牙航海家托勒斯的船驶过位于澳大利亚和新几内亚岛之间的海峡，同年，荷兰人威廉姆·简士的杜伊夫根号涉足过澳大利亚，并首次以外来者身份真正登陆澳大利亚，因此，此地被命名为“新荷兰”。

1770 年，英国航海家库克船长发现了澳大利亚海岸，他将其命名为“新南威尔士”，并宣布这片土地属于英国。

英国人首先把澳大利亚作为流放囚犯的地方，在悉尼中心地带，有一个地方叫岩石区，就是当年的流放监狱。外形还保留着棕色岩石，周边已是热闹非凡的跳蚤市场，展销着来自各国的工艺品。而不远处的艺术馆则是现代艺术的盛宴。走到街上看到悠闲的澳大利亚人喜欢躺在图书馆前及周边公园的草坪上，享受蓝天，畅想未来。而当我们把镜头切回历史上的 1788 年 1 月 18 日，一名叫菲利普的船长，率领一支有六艘船的船队，抵达澳大利亚的植物园湾，当中有 736 名囚犯。八天后的 1788 年 1 月 26 日，他们正式在澳大利亚杰克逊港建立起第一个英国殖民区，这就是悉尼的前身。这个名字是为了纪念当时的内政大臣悉尼。于是，每年的 1 月 26 日，也成为澳大利亚的国庆日。

因一座文化地标而改变命运，这就是悉尼。许多游客来澳洲，都会为歌剧院慕名而来。

悉尼歌剧院，是丹麦建筑师约恩·乌松设计的杰出作品，贝壳形屋顶下方是结合剧院和厅室的地理特点而建成的水上综合建筑，内部结构则仿效玛雅文化和阿兹特克神庙。从 20 世纪 50 年代开始构思兴建，1955 年起向全球征集设计作品，至 1956 年共有 32 个国家 233 个作品参赛，是主评委的坚持己见，才使这个差点成为遗珠的设计方案屏雀中选。动工于 1959 年 3 月的剧院到 1973 年 10 月 20 日正式交付使用，整整耗时 14 年，中间经历了设计与建筑的磨合。为了筹措经费，除募集基金外，澳大利亚政府还曾于 1959 年发行歌剧院彩券。2007 年 6 月 28 日，这座建筑被联合国教科文组织评为世界文化遗产。

悉尼歌剧院位于市中心贝尼朗岬角，它不仅是这座城市艺术文化的殿堂，更是一座城市的魂魄。无论是清晨抑或夜晚，无论是徒步抑或环海遨游，你总能感受到它迷人的风姿，你总能深深感受这艘即将起航的帆船承载世人音乐梦想驶向湛蓝海洋的豪迈气魄。

因港而生，因海而旺。悉尼，这座被蓝色拥抱，被未来亲吻的美丽城市，几乎伴随着歌剧院的诞生而加速步入国际化大都市的行列。

悉尼大学始建于 1850 年，我们饶有兴趣地走进这所澳大利亚第一校，在这所历史悠久、最负盛名的校园里，有闻名的考神树，这里也是电影《哈利 · 波特》的拍摄地。

“繁星纵变，智慧永恒”是悉尼大学的校训。这所大学，从创办伊始就革新改变了联合王国的古典大学以血统而不以成绩录取学生的传统，促使英国和北美的大学随之改变以适应社会发展。

维多利亚女王于 1858 年 2 月 27 日授予悉尼大学皇家宪章，使其与英国的大学拥有相同的地位。1881 年起，大学开始招收女生，因此成为世界上最早允许女生受学的学府之一，远比牛津或剑桥大学早了至少数十年。

第一、第二次世界大战中，都有悉尼大学师生的身影，为和平而捐躯的就有 447 人。今天，在悉尼大学钟楼下面，仍能找到人们纪念缅怀这些热血志士的饰板。

悉尼大学的优秀毕业生中，有科学家、总理、奥斯卡得主甚至澳大利亚第一位导航员，他们的发明从心脏起搏器、B 超检查器、黑匣子到 CPAP 呼吸机、人工耳蜗再到真空玻璃和 WiFi 无线网络技术等，成为世界亿万人口每天生活的必需品，为世界文明贡献了自己的聪明才智。

诚如 2012 年考察悉尼大学的联合国秘书长潘基文所言：“当

我踏进这个校园的时候，我就意识到这是一所无与伦比的大学，她不仅传承着160年的历史文明，而且更是一所培育我们未来世界领袖的学府。”

华裔人口在悉尼占十分之一。澳大利亚的唐人街是规模最大的唐人街。19世纪上半叶，最早一批华人以劳工身份来到澳大利亚淘金。后来，大部分人返回祖国，一些人则留下来靠贸易、手工制造、洗衣、捕鱼等维持生计。19世纪60年代，悉尼坎贝尔街的干草市场里，一些华人商贩开始聚集出售水果、蔬菜，并在附近居住，逐渐形成了华人活动的中心区域，这就是唐人街的雏形。

如今的悉尼唐人街，包括坎贝尔街、德信街、莎瑟街、皮特街等区域，融合了传统文化与现代文化。唐人街南北两端各矗立着一座中式牌楼，北侧牌楼外侧、内侧各书“四海一家”“澳中友善”，南侧牌楼则书“通德履信”“继往开来”，彰显着中华传统文化的包容、和谐和诚信。

唐人街里古色古香的同仁堂格外引人注目，金色的“北京同仁堂”牌匾、木质的月亮门、占满整面墙的药柜，让人仿佛置身于中国。街道两旁的商铺鳞次栉比，中餐馆、海鲜干货店、工艺品店、旅行社等一应俱全。春节，这里大大小小的商铺都贴起了福字、春联，挂上了红灯笼、中国结，红红火火，喜气洋洋。

墨尔本是澳大利亚第二大城市，是有着“花园之州”美誉的维多利亚州的首府。它的绿化覆盖率达40%，曾经是澳大利亚长达26年的首都。

和悉尼一样，这里早期也是流放囚犯的地方。自从其金矿发现，它就渐渐成了世界的“新金山”。19世纪中叶以来涌现的一波波移民潮，在这个现代化城市留下了许多维多利亚时代的建筑景观，其中，火车站是最重要的地标。亚拉河畔的尤里卡高楼，是墨尔本的地标，尤里卡是希腊语“发现了”之意。18世纪末，这里是最富裕的城市，也是文化、艺术之都。

大洋路位于墨尔本西南，是一条全长近 300 公里的海滨公路。在悬崖峭壁开凿出来的大洋路，是澳大利亚政府为纪念参加第一次世界大战的战士而建的。参与建设的人中也有许多参战老兵，共 3 000 余工人为此付出了艰辛的汗水。从 1919 年开始修建到 1932 年竣工。这条澳大利亚最重要的交通大动脉，沿维多利亚州西海岸蜿蜒伸展，带给游客壮丽的海洋风光和无数的海滩活动。沿途散落着一些海岸城镇和渔村。沿岸波澜壮阔奇景迭出，驾车奔驰在大洋路上，可谓是一次又一次的惊奇之旅的大组合。在一战老兵纪念碑前面，游人停下来驻足拍照，表达了对老兵崇高精神的敬仰之意。

乘坐直升机俯瞰“十二门徒”，是大洋路旅游的重要节目。十二门徒岩石是墨尔本海湾的自然景观，由于海浪的侵蚀而形成，因酷似十二门徒而得名。耸立在海上的巨型高大岩柱形态各异，夕阳斜照，群鸟飞舞，是难得一见的美景。沙滩边的黄色岩层，是上万年自然风化留下的纹理。纯净的蔚蓝，热切的奶黄，交融成一幅色彩明快的自然图景，很是赏心悦目。不过，十二门徒岩石如今只剩下七座了，也许有一天，随着大自然的变化，十二门徒将不再存在。

幸运谷，因一次海难只剩下两名幸运者在此登陆而得名。19 世纪下半叶，来自苏格兰、英格兰的淘金者挤上了一艘艘航船在这里陆续上岸。其中，一艘遇上狂风暴雨的船只，被险恶巨浪吞噬掉几百条活生生的生命，只剩下一男一女漂流在幸运谷边。他们在这里登陆，在这里靠雨水、动物、野菜求生，历经磨难奄奄一息时，所幸被路过此地的游牧者发现，他们因此获救。值得一提的是，幸存的一男一女，年轻貌美，闻讯赶来采访的记者兴致满满，他们以为在海难中逃生出来的年轻人理应同呼吸共患难，发展成为一对伴侣，并希望这个美丽哀婉的爱情故事为他们的新闻增添传奇色彩。真实的结果是，男子留下来生活、创业，而姑娘踏上返回故乡的归途。也许，亲人活蹦乱跳的生命刹那间被大海吞没的镜头不时在眼前回放，这将是心灵深处永远的痛！用我们今人的想象，每每看到对方，都会做起那场惊魂失魄的噩梦。于是，与其在一起厮守还不如相互忘记。选择离开，抑或痛苦会减少一半。

美妙的风景和感人的传奇，吸引着一批批游人走下山谷又走上山谷，人们或许感受深刻，或许走马观花，但这故事一直流传下去。

离开悉尼的前一晚，我们与亲戚漫步在住宅区周边，一溜汽车的密集停放是周边邻居有人开派对的信号。别墅里欢快的乐曲、明亮的灯光引起我们的好奇。此时，从里屋走出一个小姑娘，银铃般的声音和萌萌的丰富表情不停地与我们互动，明白了，原来是她们家的哥哥办喜事。小姑娘热情友善的邀请让我们看到这个国度公民的文明素质，而多元人口的聚居也达到和谐相容程度。

百度地图发布的猴年春节跨国迁徙大数据报告显示，春节期间国人的出国目的地中，亚洲国家占90%，其中，泰国、印度、缅甸位居最热门国家前三甲。数据还显示，一线城市的人对于出行国家各有所好，其中，北京人最爱去韩国，上海和广州市民最爱去澳大利亚。

澳大利亚，明媚的阳光让人流连忘返。换一种方式到异邦过春节，挺好。